成长之书

青春圆舞曲

李兴海 ◎ 主编

吉林出版集团股份有限公司
全国百佳图书出版单位

图书在版编目（CIP）数据

青春圆舞曲 / 李兴海主编．-- 长春：吉林出版集团股份有限公司，2018.11（2021.5重印）
ISBN 978-7-5581-5943-5

Ⅰ．①青… Ⅱ．①李… Ⅲ．①散文集－中国－当代 Ⅳ．① I267

中国版本图书馆CIP数据核字（2018）第256533号

CHENGZHANG ZHI SHU QINGCHUN YUANWUQU
成长之书：青春圆舞曲

李兴海 / 主编

出 版 人	齐　郁
责任编辑	张婷婷
装帧设计	张振东
出　　版	吉林出版集团股份有限公司
发　　行	吉林出版集团青少年书刊发行有限公司
地　　址	长春市福社大路5788号（130118）
电　　话	0431-81629800
印　　刷	天津海德伟业印务有限公司
版　　次	2018年12月第1版 2021年5月第2次印刷
字　　数	160千字
开　　本	720mm×1000mm 1/16
印　　张	10
书　　号	ISBN 978-7-5581-5943-5
定　　价	32.00元

版权所有·翻印必究

在阅读中享受最美好的青春

20岁时,我第一次去凤凰,不为古镇美景,只为能与偶居夺翠楼的黄永玉先生见上一面。

时逢雨季,沱江奔啸,烟涛微茫信难求。苦待数日,仍没能等到想见之人。

我在清冷的雨丝中独自徘徊,满心失落。无意中走进一家书店,里面尽是沈从文先生的作品。无处可去,只好在僻幽的角落里翻阅旧籍,而后便一发而不可收。

回程当日,总觉有重要的东西遗落城中,寻思许久,才跑去那条巷子里的书店买了本泛黄的《边城》。这本有着深蓝小印戳的《边城》至今仍安躺于我的书柜里——它不仅使我在未果的行程中获得些许补偿,更让我在之后的时光无比怀念20岁的自己。

再后来,我与书结下了不解之缘。不但自己看书写书,更领着诸多热爱文学的人走上了自己想走的路。

我经常对学生们说,阅读是写作的命脉,只有不断阅读,才能保持创作角度的新颖和思维的敏捷。然而,阅读所赐予我们的又何止这些?

不管在何时何地,只要我手中捧着一本书,心里便会觉得安然。书不但能排遣无聊和寂寞,将岁月的伤口逐一缝补,还能把心灵淬炼成一块玲珑美玉。

爱书之人，必是睿智且沉稳的，遇事不惊，处之泰然。古人所说的"腹有诗书气自华"便是这个意思。

经常看书和沉迷在网游世界的心灵绝对是不一样的，前者往往更能体悟"一叶一菩提"的真谛。书本给予心灵的力量，是不可言喻的。十年寒窗，说的并不是读书人的艰辛，而是意在表述读书人的坚忍和不懈。试问，有多少人可以在寒窗下十年如一日地重复做一件事情呢？

曹文轩老师曾说"世间最优雅的姿态就是阅读"，不论静坐还是倾卧，甚至在卫生间里，它都是最美的姿态。因为这样的人，通常都会从骨子里散发出一种极具亲和力的书卷气。

阅读人物，通晓历史，可由他人鉴知自己得失；阅读杂文，百味世事，可在辛言辣语中澡雪精神；阅读情感，温热肺腑，可居书香浓情里滋养心灵；阅读故事，体会人生，可于静谧岁月中倾情流泪……

每一种书，都是风景；每一本书，都是亟待窥破的秘密。

宋朝诗人黄庭坚有一句名言："三日不读书，则义理不交于胸中，对镜觉面目可憎，向人亦语言无味。"这其中说的，就是每日读书的重要性。

这套图书，所遵循的就是这个简单的理论。通过遴选当下不同类型的精华文章，给读者以不同的心灵养分。为了能找到年度最精华的文章，为了给读者省去寻找的冗长时间，我们几乎把近年的期刊翻了个遍。目的就是为了去其糟粕，取其精华。

我们的宗旨只有一个，就是为这个时代的读者奉献好书。

但愿我们可以放慢匆乱的步伐，一起在欢愉的阅读中，享受青春，优雅前行。

李兴海

2018 年 4 月

目录

"痘"蔻年华

朱丽叶不是女主角 / 王璐琪	2
"被恋爱"的青春暗流 / 萍萍	4
"痘"蔻年华 / 萍萍	7
"红姑娘"的烦恼 / 冠一豸	13
欢喜冤家"萌"时代 / 冠一豸	17
我们都叫杜依轩 / 阿杜	23
一场马不停蹄的青春追逐 / 安一心	28
谁惊扰了我们最美的时光 / 罗光太	34

夏日里的暖暖阳光

夏日里的暖暖阳光 / 安一心	44
室友杨若琳 / 杜智萍	50
一场持久的青春对弈 / 杜智萍	54
原谅少年卑微的乞求 / 安可儿	61
宽容是良药 / 杜文华	64
你不是坏孩子 / 罗礼胜	68
你像光一样照亮我的世界 / 罗礼胜	73

我的花期迟迟来

我的花期迟迟来 / 魏樱樱	78
人人都爱白慧美 / 杜文华	83
苏玲的青葱岁月 / 太子光	88
15 岁不寂寞 / 太子光	93
龙小桃,请你一定忘记我 / 安可儿	98

带刺的女孩总孤独

欧叶是个好女孩 / 罗懿灿	104
你要有自己的温度 / 晴儿	112
带刺的女孩总孤独 / 罗懿灿	115
柯立子,你是颜色不一样的烟火 / 何伟	120
留守青春里的白玉 / 何伟	126

花开半夏

那年的青葱岁月,花开半夏 / 何罗佳仪	134
流年覆盖了梦想 / 罗先华	139
大嘴巴不能说的秘密 / 王瑞辰	146
苍耳先生 / 吴满群	150

fly

"痘"蔻年华

豆蔻年华里不长几粒青春痘,能叫年轻人吗?苏蕾这一次是真的放心了,知道自己以后该如何做。这段"战痘"的日子让她惶恐、不快乐,她不想再这样下去了。青春多美好,为什么要盯着芝麻,丢掉西瓜呢?快乐才是生活的真谛。

朱丽叶不是女主角

王璐琪

一束灯光打在刚从沉睡中醒来的女孩身上,她发现心爱的少年倒在脚边,嘴角流着血,怎么摇晃也不醒。黑暗中,钟秋秋看着这一切——她是这部舞台剧的语言指导。

"停!""喂!钟秋秋,又搞什么?已经叫停五次了!"女孩站在舞台上问道。"荣荣,还是那个问题,表演过度……大喊大叫并不能诠释朱丽叶内心的感情……""你是导演吗?导演都没说什么!"女孩指着钟秋秋的脸说,"你那么会演,你来演啊!"说完,头也不回地走了。

"秋秋,你觉得该怎么演?"问话的是舞台剧导演、罗密欧的扮演者王子轩。"我……我也不懂怎么演……"

回到家,钟秋秋把自己反锁在卧室里。"你知道吗?我今天把女主角气走了……"她抚摸着娃娃的头,眼泪簌簌落下。

"……本来我演得好好的,临了居然要改戏,还说什么我演得不到位。反正我不想演了……"第二天上学,钟秋秋老远就听见荣荣在班里嚷嚷。"吱呀"一声,门开了,钟秋秋走进来。

"你不想演是吧,那钟秋秋,你来演朱丽叶。荣荣,你做替补。下面开始讲评作文……"老师对荣荣说道。

钟秋秋路过荣荣的位子,看了荣荣一眼,荣荣趴在桌子上,肩膀在抽动。她坐在位子上,看着荣荣哭泣的背影,一个字也没听进去。

下午的活动课,老师要求大家排演一遍。"钟秋秋,你来演朱丽叶。荣荣,你来念旁白部分。"老师命令道。荣荣还是很渴望演舞台剧的,她站到钟秋秋以往站的位子。钟秋秋很快入了戏,她从熟睡中醒来,颤抖着伸出一只手在罗密欧的鼻尖下试探了一下,眼泪在眼眶里打转。突然,她看到台下的荣荣,十分内疚,大脑一片空白,忘记台词了。

钟秋秋走进办公室,说想把角色还给荣荣,老师不同意,说她是朱丽叶的不二人选。

转眼到了演出的日子,这是最后一次排练了。钟秋秋看着老师的手势走上舞台,上台的瞬间,她把裙摆垫在脚下,故意踩空一个台阶……

"没事吧?"老师过来。钟秋秋摇摇头:"让荣荣上吧,我不行了。""荣荣,赶紧上!"老师听到报幕声,压低声音对荣荣说。

就要到朱丽叶从假死中醒来的戏了,荣荣没有按自己的方式演朱丽叶,她在模仿钟秋秋!太精彩了!观众站起来鼓掌。

荣荣拿着麦克风,说:"这部戏的女主角不是我,而是属于教会我如何用灵魂去演戏的钟秋秋。"说完,她用力鼓起掌来。

"被恋爱"的青春暗流

萍萍

一

不知是谁先造的谣,一时间,把我和陈杜宇都推到了风口浪尖上。他们说我们"恋爱"了,说得有鼻子有眼的。

作为当事人,我最后才知道这段时间大家鬼鬼祟祟在背后议论的"恋爱门"事件,讲的居然是我。怪不得他们窃窃私语时,眼睛总是看向我;怪不得他们看我时,脸上会呈现出那样一种奇怪的表情。

我不知道这事情是怎么出来的,也不知道造谣中伤我的人出于什么目的,但浑身是嘴也说不清楚了。我确实是很欣赏陈杜宇,也喜欢他的聪明、善良,他的种种都让我着迷。但无论我如何喜欢他,也仅仅只是我一个人的事,我从没奢望得到陈杜宇的回应。当然,他也不曾有过任何回应。

我的快乐就在一夜间被人盗走了,流言蜚语迅速掩盖了我的天空。在校园里,总有人在背后指着我议论。就算我再不在乎,我也难以面对别人不屑的眼神和脸上讥讽的笑。我再也没有勇气去看陈杜宇的眼睛,再也不可能打着问作业的幌子和他说上几句话。

偷偷喜欢一个人错了吗？我只是偷偷喜欢，是那种从来不奢望回应的欣赏。可是现在，连这个资格也被人无情地剥夺了。陈杜宇也因为这件事沉默了，他本来就不是一个话多的人，现在彻底无语了，他可以几天时间里不说一句话。

看见陈杜宇的变化，我很难过。如果仅仅是伤害了我，那也就算了，怎么可以伤害到无辜的陈杜宇呢？他根本不知道我喜欢他。

二

我后来才知道，在班上，偷偷喜欢陈杜宇的女生很多，她们也和我一样，只是偷偷喜欢，放在心里，从不敢说出口，毕竟初三了，要面对紧张的中考。而且最重要的是，怕那份纯洁的情感被戴上"早恋"的帽子。

当我和陈杜宇"谈恋爱"的事件被传得沸沸扬扬时，那些女生集体愤怒了，仿佛吃错了药，不问青红皂白，把责任全推到我身上，骂我是"世界上最肥的狐狸精"。我身高160厘米，体重120斤，以前她们从没这样骂过我，反倒说我是体态丰腴，现在因为她们觉得是我玷污了大家心目中共同的"班草"，她们就用最恶毒的话来骂我。哪个女生不怕人家说自己肥呢？明知这是我的死穴，她们偏偏这样对我。我的冤屈向谁诉说？我恨死了那个造谣的人。

被人排斥在所难免，那些难听的话也如暗流涌来。陈杜宇再也没有搭理过我，以前他可能是出于礼貌，对我主动向他问作业还会热情解答，现在他肯定恨死我了。可是，为什么没有人去恨那个造谣生事的人？

最恨"早恋"的老班，是一位年近四十，"疾恶如仇"的女同志，平时稍有风吹草动就会及时把不该萌生的"情愫"扼杀在摇篮里，这次一听说我和陈杜宇的事闹到全校皆知时，她的惊愕可想而知。她把我单独叫到了办公室，关上门，首先来了一阵狂风暴雨般的怒骂，然后又是和风细雨般的循循善诱。我不解释，解释无效，在这种情况下，我的解释只能让她理解成"顽固抵抗"。

看我沉默不语，一副低头认罪的良好态度，她叫我走了。我的小心脏被她一乍一惊地折磨后，人感觉非常疲惫，就像几天没睡觉，困得睁不开眼。

我没想到的是，性格一向温顺的陈杜宇，这次居然会顶撞老班，他不肯认错。老班气坏了。陈杜宇一向是乖乖男，这次是怎么了？被谣言气糊涂了？他难道不知道老班的性格吗？只要低头不反驳，她就会心软。老班公开在班会课上批评了陈杜宇，虽然他一向是她的骄傲，但这一次，她失望透了。那节课，陈杜宇一直趴在桌子上，我看到他的肩膀一直在抖动。我想，他是在隐忍吧。明明没有的事，却让他受到了那么多的委屈。

我想了很多，或许我偷偷喜欢他也是不应该的。看见他那么无助而又无奈，我也很难过，心像是被一群饥饿的虫子在噬咬。

三

陈杜宇在班上彻底沉默了，是他不理睬任何人；我在班上也彻底沉默了，是所有人都不理睬我。只是没有人愿意去了解真相。

在这段"被恋爱"的日子里，我们都成了"惊弓之鸟"，我不知道这段青春暗流后，我们是否还可以回到原来的人生轨迹。

那段日子里，我比过去任何时候都更注意陈杜宇，我的心因他紧蹙的眉头而起起伏伏。有时我在想，如果这件事是真的，那又会如何呢？陈杜宇会因为种种非议难过吗？

所有的想法都只是假设。其实我明白，不到季节的果子不能采撷，那一定是苦涩的。但萌动的心思要如何处理才好呢？我偷偷喜欢着优秀的男生，也因为他的优秀，我努力在做最好的自己，这错了吗？

我把所有的情感都埋藏在心里，远远观望他、欣赏他，我就很快乐了，我不需要他知道，不需要他回应，可是即使这样的心思，也是奢求。但谁没有豆蔻年华呢？青春萌动是一种罪吗？

"痘"蔻年华

萍萍

"痘痘"来袭

苏蕾是龙高中学的校花。

学校里见过她的男生都惊叹"仙女下凡了"。女生的感受则复杂一些：崇拜、羡慕、嫉妒……样样齐全。高年级的男生更直接，一看见她，远远就叫："天仙妹妹！"

对于自己的如花美貌，苏蕾自小就知。她很自信，也很享受别人的恭维。当然，苏蕾并没有沉溺于此。在学校里，她还是品学兼优、能歌善舞的尖子生，琴棋书画样样精通，老师们想不宠爱她都难。

可惜好景不长，苏蕾在新校园里才风光不到几个月，就愁眉紧锁，时常莫名地陷入沉默和恍惚中。原来这是因为一天早上苏蕾洗漱时，不经意间发现自己的脸上一夜之间突然冒出两粒红色的痘痘。这还了得！她不由得惊叫起来。"怎么啦？怎么啦？"苏蕾的妈妈听见女儿的叫声后，慌忙跑过来。当她听完苏蕾的解释后，笑说："我还以为怎么了……别大惊小怪的，两粒青春痘有什么好恐慌的！""青春痘怎么可以长在我的脸上！

苏蕾哭丧着脸。"青春期长几粒青春痘，这不是很正常嘛！"苏蕾妈妈依旧笑着。"可是好难看！"苏蕾急得用手去挤压。"别！千万别挤，不然以后脸上留下小坑就真难看了。"苏蕾妈妈赶紧制止。"那怎么办呀？我还怎么见人！"苏蕾很焦急。

那后，苏蕾就有心事了。她百思不得其解，处于青春期的自己为什么一定得长几粒青春痘呢？多丑呀！苏蕾还偷偷观察了班上其他同学的脸——还好，正像妈妈说的，好些同学脸上都长了青春痘，并非只有她一个人。

苏蕾的心才放下几天，又再度纠结不已——脸上的痘痘又冒出来了，而且有蔓延之势。这可怎么办呀？她想起在学校里见过的一个高年级女生，那张脸痘痘丛生，一粒一粒恣意张扬，好吓人。

苏蕾怀着满腹心事，失眠了。她真希望天亮后，脸上的痘痘全部消失，还她一张光洁、白皙的脸。苏蕾梦见自己变成了一个满脸痘痘的女生，学校里的同学都嘲笑她。她的脾气变得很坏，整天和同学吵架。一个女生还指着她的脸鄙夷地说："你以为你还是校花呀？找面镜子照照你的脸，全是痘痘！"她趴在桌子上哭得无比委屈……梦醒时分，苏蕾泪湿枕巾。

苏蕾"战痘"

苏蕾先是向老妈请教，通过什么法子能把脸上的痘痘全部清除。老妈没有高招，只是告诉她，青春痘是青春期的标志，过了青春期，想长都长不出来。

哼！又不是什么好东西，谁稀罕长呀？苏蕾不悦地暗想，但没反驳老妈。

只能求助于网络了——她知道网络万能，碰上什么"疑难杂症"，只要上网找找，准能找到妙招。她在网上搜索消除青春痘的方法，找到很多相关的帖子。内容大同小异，无非是多用清水洗脸，或常换洗面奶，没有什么见效快的措施。抱着"死马当作活马医"的心态，苏蕾还是按网上介绍的方法一一尝试。她每天要洗七八次脸，冷水、热水交替；用不同牌子的洗面奶,刺激皮肤,加速新陈代谢;用黄瓜敷脸,天天吃素菜,不沾荤腥;偷偷买来"养颜胶囊",一天吃三次……折腾了几个星期,痘痘依旧顽固地侵占着她的脸。倒是那一堆不同牌子的洗面奶,估计用个十年八年也用不完。苏蕾没辙了,不仅攒了几年的零花钱全打了水漂,心情还极度郁闷,对谁都没好脸色。

恰逢学校举办元旦晚会,苏蕾本来有个独唱节目要表演,但她主动找老师把节目取消了。老师追问原因,苏蕾不敢直说,只含糊地解释身体抱恙。老师也确实注意到近一段时间苏蕾一直有些神情恍惚,脸色也有点儿苍白。老师同意了她的请求,还嘱咐她要好好休息。可是,她能休息好吗?苏蕾的心情一如阴霾的天空。苏蕾走出办公楼,一阵寒风吹来,她不由缩起身子,紧了紧衣服。

"那个不是'校花'苏蕾吗?她的脸好难看呀!"楼梯的拐角处,两个女生在苏蕾下楼后小声嘀咕。她们虽然把声音压得很低,但还是清晰地传入了苏蕾耳中,特别是那一串刺耳的笑声,让她更加难过。苏蕾并不在意自己是不是"校花",可是哪个花季女生不爱美呢?一想到痘痘难除,她就忍不住感伤。

活泼的苏蕾日渐沉默。她的脾气变急躁了,一言不合,她就会和同学争论起来。苏蕾感觉到,自从她脸上长痘痘后,大家都在背后议论她、嘲笑她。她就像只"惊弓之鸟"——只要看见别人瞥她一眼,然后低声说话,她就会猜测对方是不是在说她的坏话。苏蕾变得"草木皆兵",反感别人说一切跟"痘"有关的词汇,也拒绝吃一切和"豆"有关的食物。

苏蕾开始常跑书店,专找医学类的书籍。既然网上找到的治痘法子不靠谱,苏蕾决定走专业路线,医书上的东西她还是信得过的。

豆豆真来了

新学期开始,苏蕾班上转来一个男生。老师安排他和苏蕾同桌。
在男生自我介绍时,苏蕾惊出了一身鸡皮疙瘩——他居然叫"苏豆豆"!

这算什么名字？苏蕾愤愤地瞪眼。

"苏豆豆好！"

"苏豆豆，欢迎你！"

……

男生走到座位时，后排同学热情地跟他打招呼。每一声传到苏蕾耳中，都如针刺。

"你好！我叫苏豆豆。"男生坐下时，微笑着和苏蕾打招呼。

苏蕾瞥了他一眼，忍住怒气，生硬地应了声："嗯！"

苏豆豆是个热情的男生。一下课，他又主动找苏蕾说话。苏蕾正考虑如何应对他时，后排传来"豆豆！豆豆！"的叫声，然后一群人笑得前俯后仰。

苏蕾明白，他们在嘲笑她。苏豆豆却以为是叫他，还热情地回应。苏蕾心里有苦说不出。她愤懑地回过头，目光冷冷的。班上一个叫袁玫的漂亮女生，因为拥有小麦色的皮肤被同学们笑称"巧克力"，她一直羡慕苏蕾白皙的皮肤。以前，她只能将嫉妒放在心里，现在开口"苏豆豆"闭口"苏豆豆"——明着叫男生，暗里讽刺苏蕾。

苏蕾的耳边从此再无安宁，"豆豆"的叫声此起彼伏。她把这一切都怪罪到同桌苏豆豆头上。一个男生叫什么名字不好，偏叫"豆豆"，还姓苏！

苏豆豆不知情。他主动找苏蕾说话，却次次碰钉子。"真是一只刺猬。"有一次，苏豆豆又主动开口与苏蕾说话，见到她冷漠的脸，忍不住说了一句。

"你骂谁刺猬？"苏蕾不悦地反问。

苏豆豆初来乍到，见苏蕾差点儿气哭了，连忙安慰说："苏蕾，对不起！我不是骂你。"他实在搞不明白，同桌一段时间了，为何苏蕾处处针对他。他们之间并没有过节呀！

苏豆豆越是安慰，苏蕾哭得越伤心。她并不喜欢现在的自己，也知道苏豆豆并没有错，也没有恶意。仅仅因为他的名字叫"豆豆"，我就把他当成头号"敌人"。我怎么会变成这样？苏蕾想不明白自己。

苏蕾的成绩因为她潜心"战痘"而深受影响。她上课总会不自觉地抚摸自己的脸，根本不能像过去一样认真听课，写作业也是敷衍了事。她还停止了所有业余活动,每天除了上课,其他时间都窝在家里,不肯出门。她说现在"没脸见人",无论老妈如何安慰,都听不进去。

"痘"蔻年华的美丽

当苏豆豆从其他同学口中知道苏蕾因痘烦恼,"战痘"不止的故事时,笑得岔了气。在苏豆豆眼中,苏蕾就是集美貌与智慧于一身的美少女的代表,长几粒青春痘算什么呢?他才来一段时间,就感觉到苏蕾的气场。苏豆豆并不计较苏蕾对他的偏见,反而对她充满兴趣。

苏豆豆的成绩很好,第一次考试就超过了苏蕾,但看到苏蕾一点儿都不在乎这个结果时,有点儿吃惊。他听同学说了,以前的苏蕾对分数、名次很看重,偶尔失手一次都会心急火燎地努力追赶。现在,她一门心思全在抗"痘"上。

苏豆豆和苏蕾同桌时间久了,渐渐通过努力赢得了苏蕾的友谊。当他得知苏蕾已经放弃学习唱歌、跳舞时,惋惜地说:"为什么不坚持呢?""都长成这样了,做什么都没心情。"苏蕾直言不讳。"你长成啥样了?不就长了几粒青春痘嘛!过了这段时间以后就不会再长了,可时间浪费了就再也挽回不了……"苏豆豆努力说服苏蕾。

一语惊醒梦中人。苏蕾听后,静默了许久。

"你已经很美了,还患得患失的,那么多长相普通的女生是不是都不要活了?外表再美,毕竟不会长驻,智慧和才华才能永远相伴。"苏豆豆越说越起劲。

"那你说,我该怎么办?"苏蕾问。

"像过去一样,做真实的你。痘痘嘛,顺其自然,注意皮肤清洁就可以了,把心思用在学习上。是不是'校花'有什么关系呢?"苏豆豆真诚地说。

"我才不在乎'校花'这个头衔,只是不希望被人笑话。"苏蕾说出了心里话。

"谁笑话谁?青春期里大家都长青春痘,'痘'蔻年华嘛,不长就说明老了……"苏豆豆边说边笑了起来。苏蕾在他的感染下，也敞开了心扉，乐得笑出了声。

  是呀，豆蔻年华里不长几粒青春痘，能叫年轻人吗？苏蕾这一次是真的放下心了，知道自己以后该如何做了。这段"战痘"的日子让她惶恐、不快乐，她不想再这样下去了。青春多美好，为什么要盯着芝麻，却丢掉西瓜呢？快乐才是生活的真谛。

"红姑娘"的烦恼

冠一豸

一

前段时间，武汉某高校的表演照在网上疯传，特别是一组在牡丹园的照片，真让人有种"游园惊梦"的失语感——一个个如花似玉的女子，居然全是纯爷们，真让我们女生集体汗颜。

我们班男生也特别热衷于讨论这件事，所有焦点都集中在我的同桌杨永红身上。他们说，如果让杨永红扮成女孩子，一定比网上那些人都漂亮。还有的说，杨永红不用化妆都像女孩子，再加上他胆小如鼠的性格，他们一直叫杨永红"红姑娘"。女生们也因为杨永红性格温柔、待人和气，喜欢和他在一起玩，开口闭口亲昵地叫他"红红"。

每次体育课，男生们在操场横冲直撞踢足球时，从不让杨永红参加，他们嫌他跑得慢、碍事。对抗性特别强的篮球，杨永红更是永远的观众，他喜欢和女生一起踢毽子、跳绳，要不就坐在树荫下吃零食，看其他男生汗流浃背的样子。

我一直很讨厌杨永红，一个男生长那么白干什么？他身材纤细、皮肤白皙、相貌清秀。最初班上男生评选"班花"时一致推选他，惹得我们女生集体抗议。

我还听到一种说法，说我和杨永红这对同桌阴阳颠倒。说我长得像男生，性格也像，整天大大咧咧的。一次我与隔壁班男生吵架，那家伙甚至骂我"男人婆"。

二

杨永红是个"话痨"，每天一下课，他就絮絮叨叨找我说话，我不搭理他，他就找后桌的女生聊，没完没了，还乐得眉开眼笑。

我看不得他笑的样子，真恶心！男生的笑应该豪气冲天，哪像他一副"笑不露齿"的娇羞模样！最让我不能忍受的是，看见一只老鼠，他居然吓得脸色苍白，一个劲儿地往我身后躲。

男生们哈哈大笑，骂杨永红是"窝囊废"，还说"红姑娘"长大后就嫁给"男人婆"算啦。我窘得面红耳赤，愤愤地骂："不说话你们会死呀？"杨永红跟在我后面却没吭声。"你是不是男人呀？还要我保护你？"我转过头骂他。

但不可否认，杨永红是个不错的同桌，他不计较，会关心人，爱干净，最重要的是，他有爱心。我知道他每周末都会到家附近的养老院去看望那些孤寡老人。我去过两次，都遇见他了。

难道杨永红的柔弱性格天生如此？就像别人觉得我怪怪的一样，我天生就喜欢男生玩的一切游戏，喜欢留很短的头发，喜欢穿中性的衣服。

课间休息，一群男生又不知在喧闹什么，他们一边比画着，一边嚷嚷："男生站一边，女生站一边，你们两个不男不女的站中间。"我气极了，顺手抓起桌上的书本使劲砸过去。所有人都惊呆了，愣愣地看着我。我拍着桌子，愤愤地说："如果下次再这样，我就直接砸笔盒了。这玩笑很有意思吗？"

杨永红轻轻扯了扯我的衣襟，示意我别过火。我恼怒地瞪了他一眼："你每次被人嘲笑，只会脸红、尴尬，却没有任何动作。急了，只会骂一句'你们太讨厌了'，有用吗？你是男生，要有男生的样子。"

杨永红没想到我会这样当众说他，无地自容，连眼眶都泛红了。

"想哭吗？那你就痛痛快快地哭吧，恶心的家伙。除了哭，你一点儿用都没有。"说完后，我走出教室，任由他们目瞪口呆。

三

我决定不再理睬杨永红。都是他的错，有他这细皮嫩肉、性格温柔的"红姑娘"在身边，我就永远逃不出别人的比较。

我想他应该很恨我，不会再主动找我说话了。没想到，我错了。

那天放学后，杨永红一路跟着我走，有几次他想过来搭话，但瞥见我不悦的表情，又蹑手蹑脚地退了回去。路过金达小区的"紫藤长廊"时，他还是鼓足勇气跑过来："冯宇洋，我能跟你说话吗？"我转过身，冷淡地说："我们之间有什么共同语言吗？"他的脸又红了："有件事，我只想告诉你，我想，你一定能帮助我。""帮你？帮什么呀？"我倒是好奇了。

原来，他想让我帮他变得更"男子汉"一些。"让'男人婆'来训练你变成男子汉？这难度有点儿大。"我故意开他的玩笑。他习惯性地低下头，沉默不语。

"你应该反驳我呀，而不是一味地低头！"我叫起来。

杨永红告诉我一些关于他的事。由于父母工作忙，他是由奶奶带大的。小时候，奶奶见他长得漂亮，常把他打扮成女孩模样。奶奶对他倾注了所有的爱，为了让奶奶高兴，他一直是个乖巧的孩子，从不顶嘴……"没想到，长大后我就成了这样，让人觉得怪异。很多时候，我都不开心，但我不知如何是好……"杨永红的声音越来越低，最后变成了一声叹息。

我原来以为他很享受这样的状态，没想到他心里一直在挣扎。他知道男生不该是他这个样子的，可他真的不喜欢踢球，不喜欢汗流浃背，他努力地做一个别人眼中"正常"的男孩，但总是招来别人的嘲笑。面对讥讽，他不是不难过，而是不敢表露出来。他觉得，作为"男子汉"首先要心胸宽广。

原来他一直都在受伤，没有人理解他。

杨永红来找我倾诉，是他觉得我一定能够理解他。我笑笑，表示明白。毕竟同桌了那么久，彼此间还是了解的。除了比较"娘"外，他还真没什么缺点。

被人嘲笑，被人误解，都是青春期无法言说的伤害。

我很感激他的信任。我知道他最崇拜航天英雄杨利伟，于是真诚地说："按你心中楷模的样子去做吧。你知道的，男子汉，就是要心胸宽广，敢于担当，临危不惧，爱心满满。做到这些，别的都不那么重要了。"

"真的？"他露出了笑脸。

我肯定地点头。那些话说给他，也是说给我自己——外表是浮云，内在才关键。

欢喜冤家"萌"时代

冠一豸

一

班上的同学都在传许小陌喜欢王佳仁。谁说不是呢？他们从幼儿园起就是同学了，以前还曾是门对门的邻居。"两小无猜"、"青梅竹马"是大家贴在他们身上的标签。任由王佳仁怎么解释，大家就是不相信他们俩会是"死对头"。

"佳仁，你就别解释那么多了，这不是明摆着'此地无银三百两'吗？如果许小陌不喜欢你，他都搬家了，怎么不转学呢？他家附近不是有中学吗？"同桌单灵的一席话讲得王佳仁哑口无言。

是呀，许小陌为什么不转学呢？每天那么远的路，还得转两趟车，累不累呀！可是，许小陌不转学是因为我吗？他喜欢我？怎么可能？

王佳仁可是不会忘记，许小陌从小就爱欺负她，不仅抢过她心爱的玩具，还揪过她的小辫子。在小学时，有一次因为自己向老师报告许小陌考试想偷看她试卷的事，可恶的许小陌竟然编了一首打油诗来取笑自己的名字："佳仁不是人，是根葡萄藤。葡萄不结果，只能当柴火。柴火不好烧，就在野外抛。"

一想起这打油诗,王佳仁就气得牙痒痒,恨不得踹许小陌两脚。

难道他是欺负我上瘾了?他觉得就我这个软柿子好捏吗?王佳仁气鼓鼓地想。"哼,我可不是好欺负的。"王佳仁心里想,最后决定,如果许小陌以后再敢欺负自己,她就把他小学时那些糗事都宣扬出去。

二

初一的暑假,许小陌一家就搬离了原来的小区,在城市新区买了房。新区有一所不错的中学,搬家后,父母就准备为许小陌办转学,但他不愿意。

"干吗要回到那么远的学校上学呢?每天转几趟车,不累吗?"许爸爸不明白儿子心里怎么想的,但还是选择尊重儿子的意见。

许小陌才不愿意转学呢!在新的学校里哪有现在有趣?他心底里确实是舍不得离开王佳仁。虽然一直以来,王佳仁都不当自己是回事,但他就是喜欢和她待在一起,就算吵吵嘴,也是有意思的。其实心里面是想说些好听的话哄哄她,但习惯了,每次开口都是对她"冷嘲热讽",王佳仁当仁不让,一点儿也不输给他,两个人往往没说几句话就以一番"气势磅礴"的争吵结束。很多年了,他们一直都是以"争吵"的方式交往。

在班上的同学都盛传"许小陌喜欢王佳仁"时,一向高调的许小陌竟然默不作声,这就更加证实了大家的揣测。许小陌默认了,王佳仁可不干,她烦死他了。初一的期末考前,他们两人又因为争论类似"先有鸡还是先有蛋"的问题大吵了一架,最后不欢而散,这不,已经有好几个月没说话了。

一天放学后,已经忍无可忍的王佳仁跑到许小陌平时等公交车的站台等他。可是左等右等,半个多小时都过去了,还是不见许小陌的影子,站台上的人走了一拨,又来了一拨,王佳仁等得怒气冲天。看着渐渐暗下来的夜幕,她啐道:"这个许小陌上哪儿去了,走丢了不成?"

王佳仁无精打采地回到家,才推开门,便愣住了。她意外地见到自己苦苦等候的许小陌,他居然跑到她家来了!惊愕间,许小陌也转过头看见她,开口说:"都放学这么久了,你上哪儿玩去了?"

反客为主？王佳仁不屑地冷哼："我爱上哪儿是我的自由，你管得着吗？"

"佳仁，你怎么说话的？不像话。"王妈妈正从厨房出来，听见佳仁的话后，就数落她，也追问起放学这段时间她跑哪儿去了。

"我当然不像'画'，像画就得贴墙上了。"王佳仁没好气地说，眼睛却愤愤然盯着许小陌。

正在他们大眼瞪小眼时，王佳仁的爸爸回来了，一进门就说："小陌，这些天你就住在我们家，你爷爷上午不小心摔倒了，好像骨折了，你爸妈都回去照顾他了……"

王佳仁没注意听爸爸后面的话，她被许小陌这些天要住在她家的消息震到了，她不敢相信这会是真的。怎么办？被同学知道后怎么解释呢？真是百口莫辩了。

"给叔叔阿姨添麻烦了。我其实可以自己照顾自己的，但我妈就是不放心，非得给你们添麻烦。"许小陌说，却偷偷打量王佳仁的反应。

"看你这孩子说的，多见外。你爸妈不在，我们当然得照顾你，我们两家可是多年的老邻居了，"佳仁爸爸接着说，"吃完饭，我先载你回家拿换洗的衣服，佳仁，你把书房整理一下，帮小陌铺张床就可以了。"

王佳仁半天缓不过神来，她被震到了，脑子里混乱一片。虽然以前邻居时，许小陌曾赖在她家不肯回去，在她的床上睡过，可那是遥远的小时候呀！现在都长大了，怎么还可以让他在家里留宿呢？她暗暗怪父母多事。

三

虽然去学校时，王佳仁刻意与许小陌一前一后地保持一段距离，但还是被眼尖的同学发现了。同桌单灵一下课就趴在她的耳根边问："佳仁，好奇怪，许小陌这些天怎么天天都跟在你后面一起上学？你们不同路呀！"见佳仁没有反应时，单灵又紧接着说："难不成真像那些男生说的，许小陌他……"

单灵的话还未说完，王佳仁就急急地辩解："别听那些谣言，怎么可能呢？"声音虽大，但明显没有底气。

单灵没再说话，脸上却流露出高深莫测的笑。王佳仁心虚，她站起身恼怒地说："神经！太无聊了。"然后急急地逃开。

在走廊上，透过玻璃窗，她偷瞄了一眼正被一群男生围住的许小陌，伸长耳朵，想听听他是怎么说的。

"真没有，王佳仁一直视我为死敌，我们怎么可能呢？我没转学，还不是因为舍不得离开你们这群不安好心的狐朋狗友！"许小陌信誓旦旦地说。

王佳仁听在耳里，心里却堵得慌。看着眼前偌大的校园，她觉得自己竟然是那么孤单。

放学回家的路上，许小陌没话找话，可王佳仁就是不开口。

"又干吗啦？王佳仁，你怎么老生气？这次是谁惹你？"许小陌温柔地安慰。在他靠近她时，王佳仁突然大声说："少来，离我远点儿，本来事情就解释不清了。"

"解释不清就不解释。"许小陌用讨好的口吻说。

王佳仁转过头，厌恶地看了一眼许小陌。望着眼前车水马龙的繁华景象，表情愣愣的。她抬头看着蔚蓝的天空，莫名地发出了一声叹息。

"你有心事呀？考第一名还困惑？"许小陌小心地问。

王佳仁转过身，默默地看着许小陌，又犹豫一阵后，问："许小陌，你为什么不转学呢？"

"就这问题？你猜呢？"许小陌乐了，眯着眼问。

"我又不是你肚子里的虫子，怎能猜到？"王佳仁不解气地说。

"你先说说你刚才为什么叹息？"许小陌又开始逗王佳仁。

"不说拉倒！反正我们也只是死敌。"王佳仁甩下一句话便跑开了。

许小陌笑了，他太了解王佳仁了，她明明知道的事就是非得他亲口说出来，不然就会生气。可是她生气的样子多可爱呀，气鼓鼓的，头一甩就跑了。

许小陌记得许多小时候的事。在幼儿园时，他只喜欢王佳仁手上的玩具，她玩什么，他就想要什么；他还特别喜欢王佳仁辫子上的蝴蝶结，粉色的蝴蝶结随着她的蹦蹦跳跳，像两只蝴蝶在翩翩起舞。那时，他就是想抓住蝴蝶，可王佳仁不让，抓到了她的小辫子，把她弄哭了几次，为这事，他没少被爸妈批评；他还记得小学时自己曾写打油诗取笑她的事，那次是因为考试时自己有道题一时想不起来，就想参考一下王佳仁的试卷，可她不让，还汇报给老师，让他被全班同学嘲笑，更可气的是王佳仁居然说他"小陌小陌，小偷小摸"，这是何等的耻辱？当天，他就被王佳仁逼得文思泉涌，一挥笔就写下了自己今生唯一一首诗作，一时间里全班热传……想起往事，许小陌脸上一直洋溢着温润的神采。

四

　　许小陌在小学时，和众多男孩子一样贪玩、淘气，成绩糟糕得让王佳仁嗤之以鼻。可是一上初中，许小陌就像变了个人，他居然知道学习了。虽说目前他还暂时无法撼动王佳仁的"学习霸主"的地位，但每次考试，两人的成绩都相差无几。

　　学习成绩一直凌驾在许小陌前面的王佳仁，其实早注意到了他的改变，虽然他还是整天一副吊儿郎当的样子，但他上课很专心。王佳仁嘴里虽然对他不屑一顾，但从不敢掉以轻心。这是王佳仁在许小陌面前最得意的事，她不愿意输给他。如果成绩输给他的话，还不知道要如何欺负我呢！王佳仁担心地想，担忧化为动力，一天也不曾放松过。她一直想不明白，自己和许小陌这样争争吵吵十几年了，到底算是死敌呢，还是好朋友？在他搬家走时，望着那些搬家工人忙碌的身影，她竟有些感伤。她以为他很快就会转学了，以为再也看不见他，因为最后一次争吵时，他曾恶狠狠地对她说"我再也不想看见你了，你给我走得远远的"。

　　升上初二，报名那天，她在校园里磨蹭了半天，却一直不见许小陌来报名。站在树影中，她感觉到了自己内心的荒凉和疼痛。她以为他真的转学走了，以为他再也不会出现在自己面前。过往那些"唇枪舌剑"的画面，想起来竟觉得有一丝温馨。

　　上课那天,她在教室里突然看见许小陌时,真是惊呆了。但一看到他正邪恶地冲着自己笑,心里涌起的快乐瞬间消失。王佳仁冷漠地把视线移开,然后凛然走回自己的位置,继续与他冷战……

　　可是许小陌已经住到家里了,朝夕相处,总这样冷战也不大好吧?再说他爷爷生病了,我怎么可以这样对他?王佳仁心中烦乱。

　　当她听见许小陌对那群男生说,他不转学是因为离不开那群狐朋狗友时,自己心里有多失望!他不是因为我吗?哼!什么人嘛,成绩好一点儿就不把我放在眼里了吗?王佳仁胡思乱想了一晚上。

　　第二天早上,晨曦初露,两人又一前一后去学校了。

　　许小陌在街道拐弯处追上了王佳仁,他说:"你昨天不是问我为什么不转学吗?我现在可以告诉你答案了。"

　　王佳仁心里一阵窃喜,但依旧漫不经心地说:"昨天不是说为了你那群狐朋狗友嘛!"

　　"我是因为你才决定不转学的。"许小陌认真地说,一脸庄重。

　　"少来!"王佳仁嘴里不屑,心里却乐开了花。

　　"因为长这么大,我至今还没有考赢过你一次,真不甘心,所以决定留下来挑战你。"许小陌的这番话一出口,王佳仁就恼了,她愤懑地说:"那就放马过来,我接招就是,看看你到底有多少能耐?"

　　"你不要轻敌哟,我可不再是小时候会偷看你试卷的许小陌了。"许小陌自信满满。

　　提起往事,王佳仁的脸莫名地泛红。干咳了两声,隐藏好情绪后,她说:"兵来将挡,水来土掩,我怕你不成?"心里却是渐渐澄明,一片温润,那些往事,他都还记得。想着,王佳仁绽开了笑颜,在清晨的阳光下,明媚如花。

我们都叫杜依轩

阿杜

一

我叫杜依轩,是个活泼开朗的漂亮女生。说自己漂亮有点儿难为情,但当所有认识我的人都这么说时,我也就理所当然地接受了。

同学都说我很自信,我承认,我确实是自信满满的。成绩不错、长相不俗、人缘很好的我在学校如鱼得水,我能不自信吗?再说了,一个人如果连自信都没有,那该过得多没劲?

可是新学年开始时,班上转来一个女生。她来那天,胖胖的身体裹在长衣长裤里,跟在老师后面,头一直低着。老师把她介绍给大家时,我们都一阵轩然——她居然和我拥有一样的名字!我对这个也叫"杜依轩"的胖女生莫名地产生好感。她是怎样的人呢?我充满了好奇,很想和她成为朋友。

可能是初来乍到吧,她一直深深地埋着脑袋,就连老师让她和大家打声招呼时,她一抬头,也是满脸惊惶,眼神躲闪。我有点儿心疼她,于是举手向老师提议说想和她同桌。

"你们名字一样，坐在一块，回答问题时都不好叫，还是分开坐吧！"老师说。

想想老师说的也有道理，我也就不再说话。但我注意到，当她听说我们的名字一样时，曾把目光转向我，偷偷扫视了一眼，然后又匆匆低下头，手指尖绞着衣服角杵在讲台前。

二

新来的杜依轩很胖。

班上的同学逗我说："杜杜，班上新来的胖子和你拥有一样的名字，你是感到荣幸还是悲哀？"我嫣然一笑，掷地有声地说："当然是荣幸，我喜欢这个名字。"

"可是撞名比撞衫还让人难堪呀！何况她还长那么胖。"一个女生在旁边嘀咕。

我瞥了一眼杜依轩，她捧着本书挡在脑袋前，佯装在看书，我知道，她正在认真听，于是朗声道："她很胖吗？我觉得并不是，健康才是最好的。撞名是因为缘分，有何难堪？"

我在同学中的号召力不错，于是我当着杜依轩的面对大家说："各位亲，可要对新来的同学热情友善一些哟，她进了这个班，就是我们班级的一分子了，对不对？"

"对！我们听杜杜的。"前排的几个男生异口同声，逗得大家又是一阵笑。

整个课间，我们大声说笑着，欢声笑语此起彼伏。我又把目光转向杜依轩时，她正偷偷看我，碰上我的目光，她涨红脸赶紧扭转头，垂得低低的。我笑了起来，觉得这个女生真可爱，可能是新来不熟悉的缘故吧，她有些怯怯的慌乱，又充满了好奇。

放学时，我等在教室门口，看杜依轩出来时，走过去对她说："我们一块儿走吧!"她紧张地看我一眼,匆匆低下头,点了点头。我很自然地挽起她的手,亲密同行。但我一下就感觉到了她的紧张,她的手是僵硬的,掌声还沁出细密的汗珠。

"怎么这样紧张?我又不是老虎。我们同名是缘分呀……"一路上,我滔滔不绝地说话。她走在边上,头一直低着,喘息未定。我猜想,她一时还是适应不了我的主动示好吧。

三

新来的杜依轩很不自信,我不知道她是因为胖、长得不好看的缘故,还是因为成绩不大好。到班上已经两个多月了,她还是很少说话,甚至可以说,她从没主动跟别人说过一句话,就连对我的热情,也一直都是战战兢兢的。

第一次遇见这样不自信的女孩儿,我真是不可思议。女孩嘛,都是爱说爱笑的,就像班上其他女生一样,这和成绩、长相一点儿关系都没有。我有点儿想不通,她每天都把头垂得低低的,看人时也是偷偷地一瞥,像做了什么亏心事,真搞不懂她,但我又很想改变她。

我把自己的想法告诉几个好姐妹时,她们一致反对。其中一个说:"她和你同名没错,但她和你不是一路人,性格完全不同,你那么活泼,而她……你也晓得,她是个'闷葫芦',算了,随她去吧,你已经努力过了,是她自己不知道珍惜这份缘。"

"你们帮我吧,我们大家一起对她热情友善,她总会感知的,或许哪天,她就向我们敞开心扉了,我们帮她建立自信,这样她就能真正融入我们班集体了。"

我说得很诚恳,几个姐妹总算答应了。她们也和我一样,常常主动找杜依轩聊天。放学时,我们一大群人一块儿走,让她感觉不那么突兀,也就不那么尴尬了。

我还在过生日时,把几个好姐妹邀请到家里,当然,没有漏掉杜依轩。

我猜想，她应该是第一次参加这样的生日聚会吧，整个晚上，她很拘谨，但我从她的表情上能够看得出来，她是高兴的，她的眼神发亮。她送了我一本精美的带锁日记本，上面写着：同名是缘，认识你是最幸福的事。谢谢你对我的好！

原来她懂，她一直都懂我的主动示好，只是不知道要如何表达而已。

四

有一天放学后，我到学校宣传栏出板报。等我忙完时，天都快黑了。

望着降临的夜幕，我匆匆走出空荡荡的校园。才出来，就看见杜依轩在传达室门口叫我。我走了过去，奇怪地问她："你怎么还不回家？"

她低下头，脸微微涨红，犹豫一阵后，她似乎是下了很大的决心，抬起头，真诚地对我说："今天是我生日，我能不能请你去我家？我和我妈说了。"

我有些意外，马上一脸欣喜地答应了。那天晚上，杜依轩只请了我一个人。她的父母很热情，一直在招呼我。杜依轩家的房子有点儿小，还有些破，但整理得很干净整洁，看得出来，她妈妈很勤快。她父母的话不多，一直微笑着，满眼都是慈爱。

为了让气氛热闹些，为了杜依轩早日融入我们班集体，征得她同意后，我打电话邀来了几个好姐妹。那群好姐妹善解人意，并不怪杜依轩没有邀请她们，她们带来了生日礼物，还轮流表演节目。整个晚上都热热闹闹的，我们把杜依轩围在中间，唱着歌，尽情地笑。

望着一脸笑容的杜依轩，我真切地感受到，她是开心的，而且很享受这样的生日聚会。晚上回家后，我躺在床上睡不着，就打了个电话给她。虽然我们都有对方的号码很久了，但那是我第一次打电话给她。我们在电话中聊了很多。

我对她说："我们同名就是缘分，与你相遇，真的很幸福。"

电话中，杜依轩依旧止不住地激动，她说："杜杜，谢谢你！你知道吗？这是第一次有这么多同学陪我一起过生日。我原想本也想请大家，但我怕被拒绝，没敢说，还好你帮助了我……"

　　她的快乐溢于言表，我猜想，如果入梦了，她的梦也一定是甜美快乐的。因为从小长得胖，成绩也不大好，她总是被人排斥，被人拒绝，渐渐长大后，她就不愿意说话，自卑充斥在她的心里，她宁愿一个人孤单，也不想被人拒绝和嘲笑。

　　我希望自己能够帮助她，帮她走出自卑的烂泥潭。青春那么美好，我们实在没必要关起心扉，孤独行走。

　　谁让我们拥有一样的名字呢？我在心里早把她当成好姐妹了。

一场马不停蹄的青春追逐

安一心

一

我不记得是怎么和林子星较上劲的,可能是那次班级晚会时,她的盛装出席引起了我强烈的嫉妒;也可能是英语老师力荐她去参加口语大赛,让作为英语课代表的我大为不满;或者是某次她说话时不注意刺激了我,让我对她心存芥蒂。我已经不记得了。会跟一个人对立,什么都可以成为理由。

林子星对我也没什么好感,她对别人说我虚荣心强,爱高调张扬,喜欢用眼角扫视别人。其实我的感受一样,匆匆一瞥也能感觉到她凌厉的眸光似剑。不过,我是"兵来将挡,水来土掩",习惯以一种更决绝的方式对抗她,无论在气势上还是气场上都不能输。

林子星和她同一小学升上来的女生组成了一个"七仙女"团队,我不屑地笑,都是乌合之众能成什么气候呢?不过,架不住好姐妹的怂恿,我们也成立了一个叫"梦幻美少女"的组合来与她对阵。

其实我对组队并没有太大兴趣,而且跟在林子星后面,会让我感觉自己在学她,这种感觉一点儿都不好。不过,既然好姐妹的兴致正浓,我也不好泼冷水,她们可能因为我的缘故,或者是我因为她们的期待,大家同仇敌忾,一致把林子星当成对手,什么事都要与她较劲。有时,我自己并没有太多信心,但为了不让好姐妹们失望,我也只有拼了。我事事必争,无论是选班干部,还是老师挑选人员参加比赛,每次的考试成绩更是竞争的重点。

表面平静的教室里其实一直硝烟不断,只是老师们没有发觉而已。我和林子星都被众女生推到风口浪尖上,成为派系"大姐大",谁都不想输给对方,毕竟我们个人的输赢代表着各自派系的荣辱。在班上,两派女生泾渭分明,谁也不可能中立,中立最后只能演变成"孤立"。

二

林子星的校园小说在青春杂志上发表了,她得意扬扬地把杂志社寄来的样刊在她们姐妹中传阅。看着她们高声喧哗、笑声不断的样子,我感觉到了一股无形的力量,仿佛一根绳,正紧紧地绑在我的身上,让我难受。

"老大,你看她们嘚瑟的,有什么了不起的。你的文章写得比她好,你也写吧,削削她们的锐气,还以为我们姐妹中就没人才了。"一个好姐妹努努嘴,给我提了建议。

"是呀,老大,全看你的了。"另外几个也异口同声地说。

望着她们期待的眼神,还有脸上写着的不屑,我当仁不让,谁让我是老大呢?我不出马谁出马。好姐妹们一直叫我"老大",我很习惯这个称呼,只是"老大"的位置很难坐,很多时候,我都要悄悄努力,才能扛得住无处不在的竞争。自己本身的好胜心,加上姐妹们的怂恿,我把青春的旗帜张扬得猎猎作响。

我利用两节自习课的时间,加上放学回家后的加班加点,终于完成了一篇三千多字的校园小说。我写得很艰难,其实一直以来,我擅长写诗歌,可是诗歌没分量,就算发表了也赢不过林子星。我在网上搜到了投稿邮箱后,很快就传给了编辑。关上电脑的那一刻，我感觉身心疲惫，但内心深处又莫名地涌动起一股我说不清的豪迈。

第二天我差点儿迟到，熬夜写小说，困死了，我是踩着上课铃进教室的。才坐下，同桌就伏在我耳畔悄声说："老大，你看林子星学你也去剪头发了。"我听后转过头看，确实，林子星居然舍得剪去她一向引以为傲的飘逸长发，真是意外。"太没创意了，她老跟你学。"同桌又嘀咕。我没再理会，老班来了，我得起表率作用，上课不交头接耳。

可是才下课，我的座位边就被大家围得水泄不通。她们有说林子星头发的事，也有问到我写小说的进度。当我告诉她们小说已经投稿出去时，她们就欢呼起来，好像我的小说铁定能上稿一样。她们说还是我剪短发好看，虽然林子星长得漂亮，但不适合短发。

我们说话的声音不大，但人多口杂，紧接着，教室的另一角落就传来了一声阴阳怪气的叫嚷："谁学谁呀？人不漂亮什么发型都不好看，得看长相。"不用回头，我就知道说话的人是林子星的跟班，"七仙女"中长得最壮的女生，我们背地里叫她"相扑选手"。

我正想着如何讽刺她几句，没想到一个姐妹先接了话茬，她说："是呀，就你相扑选手花容月貌，我们哪里比得上哟！"话音才落，就引来哄堂大笑。一些男生更是把桌子擂得咚咚响。我猜想，"相扑选手"一定臊红脸想挖个地洞藏起来吧。

奇怪的是，从不在口舌上输人的林子星怎么没吭声？她见她的好姐妹被人嘲笑，难道不想力挽狂澜？以前每一次争吵，她都伶牙俐齿，以一对三，毫不逊色。

"吵吵吵！烦死了。"我正想着林子星，马上就听到她的声音爆发出来。

林子星的嗓门大，在学校里有"狮子吼"的美誉。那还是校运会时，她正在播音，当时我们班一位男选手马上要冲到终点了，她高声为班上的选手加油，可能是激动吧，一时忘记了她正对着麦克。她尖叫着发出的加油声，在高音喇叭扩音下势如山倒，吓得一高中男生跳高时，刚要跃起就直直地跪在杆下。"狮子吼呀，吓死我了。"那男生爬起来后说。林子星的"狮子吼"就这样"美名远播"。

"走吧,我们出去开心一下。"我听出了林子星声音里透露出来的烦躁,一行人呼朋引伴齐刷刷走出教室。有个好姐妹还高声唱起《冬天里的一把火》,一声起来后,众人鼓足劲地大合唱。我猜想在我们的奚落下,林子星一定气得在跺脚吧。我记得她每次生气,急了就先跺脚,然后皱起眉头,嘴巴抿得紧紧的不再说话。

三

老班在放学前特意到教室来公布上次校数学竞赛的成绩时,我终于明白了林子星生气的原因。原来她一大早就从数学老师那里知道了比赛名次,她第二名,我第一名,怪不得整个上午她都郁闷不安。

我们派的女生即刻欢呼起来,比她们自己去参加比赛得奖还高兴,只有"七仙女"们一脸不服气。我偷偷瞟了林子星一眼,她正眼神倦倦地望着窗外。

那之后的一段时间里,我注意到林子星在教室里安静了,下课时,她没再让她的好姐妹围在身边,而是一个人埋头看书。我知道她不会甘于认输的,她在认真准备,再过一个月还有物理竞赛。我的物理成绩一向都和林子星在伯仲之间,只是竞赛的题目都比较难,谁赢都有可能。

我也安静下来了,心太浮躁时,就无法投入。我专门去图书馆借了本《物理难题解析》,我才不愿意输给她,她能认真,我也能。只是在等待文章审稿的半个月里,于我也是一种煎熬。空闲时,我就翻阅校园刊物,我得看看,别人都是怎么写的。编辑的回复姗姗来迟,而且结果中了我的猜测,没过稿。编辑说行文匆促,不够细腻,情感表达也不到位。看着闪烁的电脑屏幕,我把编辑的回复一个字一个字印在脑海里,心隐隐作痛。白天时,"七仙女"又在高呼,林子星在另外一本刊物上又发表了文章。她什么时候开始写的?才几个月,就已经有三篇文章发表了,可是我才写了一篇,而且被退稿了。

物理竞赛前一个星期有三次集训课。我注意到林子星的脸色很苍白，她在集训课上一副恹恹欲睡的神情，看似很困倦。其实我也一样，每天加班加点，躺在床上却了无睡意，而坐着看书时又犯困。时间总是不够用，看书、写作业、复习、攻克物理难题，时时还在构思下一篇准备着笔的小说。

学校里的活动、比赛总是很多，每一样我都想赢，至少不能输给林子星，至少也要给我们"梦幻美少女"一派赢得荣誉，我把自己逼得像不停旋转的陀螺。林子星也一样吧，我听说为了争取到艺术节的舞蹈比赛名额，她最近又紧锣密鼓地开始排练舞蹈。只是她的强项其实是唱歌，她的嗓音条件好，而我学了很多年舞蹈，还在市级比赛中得过金奖，哪是她短时间内可以超越的？

我们为了赢过对方，都把自己当成了"无敌的超人"。可事实上，我们都不是"超人"，我们也有局限，我们正把自己往一条死胡同上逼。我已经从老班那里了解到，林子星还在读小学时就已经发表过不少文章，只是后来写得少了。了解情况那天，我又一次收到编辑的退稿信，而林子星却是又收到一本杂志社寄来的样刊。

四

好姐妹们都很关心我的文章什么时候可以发表，我笑笑，说："应该很快吧！"表面装作平静，其实心里一直很难受，特别没底气。写小说于我特别艰难，我之所以写，不是喜欢，只是不想输给林子星，在硬撑。

物理竞赛的成绩出来了，我和林子星都没有获奖。我没想到结果会这样，心里很失落。林子星听到结果时也是失魂落魄的。在热闹的掌声中，我瞥见她趴伏在桌子上，肩膀一抖一抖，估计是哭了。

放学回家的路上，我感觉自己特别累，身心疲惫。我避开了我的姐妹们，想独自安静，也不想让她们看见我的失落。路过一家书摊时，我一眼看见了一本校园刊，我记得林子星收到过那本刊物，于是走过去翻阅。

在那之前，我从来没有看过林子星发表的校园小说，不知道她都写些什么内容。自己也突然觉得奇怪，为什么会对她写的文章好奇呢？在那之前，我从来没想过要看。

翻开目录，果然在上面看见了林子星的大名，题目是《一场马不停蹄的青春追逐》。我好奇地翻阅，心傢地鹿撞般跳跃起来。我飞速浏览，原来她写的就是我们之间这一路来互相竞争的故事。她在文章中写道：从来就被赞美声包围的我终于遇见了一个强劲的对手，我不想输给她，任何一方面都不想。我暗暗努力，全方位出击，可是对手实在太强大了，好几次，我还是无可奈何地输给了她……我很累，也失去了学习的快乐。我想和她有一个良性的竞争……她应该是一个不错的朋友，虽然她很张扬，但她确实有值得张扬的能力……我剪了和她一样的发型，冰雪聪明的她能明白我的心思吗？

她虽然在文章中用了化名，但我明白，文章中的"杜美美"就是我。看着文章，我的思绪一时停滞了，她渴望和我成为朋友吗？她的感受居然和我如此相像。在这一路马不停蹄的互相追逐过程中，我们也一直互相伤害。我们的内心远没有我们表现出来的那么强大，其实我们更希望的是惺惺相惜的共同进步。

抬头看了看高远的天空，我仔细思忖一下，很快理清了自己的头绪，不自觉地笑了出来。我想好了——既然林子星已经大方地抛出橄榄枝，我为什么不勇敢地接住呢？

谁惊扰了我们最美的时光

罗光太

一

从小学到初中,我没有过好朋友。虽然我的成绩一向很好,也有同学愿意接近我,但我固执地拒绝了,我害怕那些友善仅是因为同情。

妈妈病逝时,我刚上小学,爸爸没有固定工作,靠打零工维持生计。有几年,他出门打工,连春节都没回来。爷爷为了补贴家用,长期在外县的一家工厂当门卫,家里只留下有腿疾的奶奶照顾我。困顿的家境让我自卑,因此我小小的年纪就喜欢独处。

班上的同学都说我很怪,我装作一点儿也不在乎别人的评价,淡然处之。独占鳌头的成绩让我自卑的心里有一种满足和优越感,我觉得自己不输给任何人。特别是我保送上了市里最好的高中后,曾经惶惶的心顿时充满了昂扬的自信。

在新的学校里,我依旧沉默。同学来自全市的各所中学,彼此陌生,我的形单影只并不让人奇怪。也有热情的同学很快熟识起来,三三两两结成小团体。

漂亮女生总是特别受欢迎,在很短的时间内,她们就成了班级焦点。我心里是瞧不起漂亮女生的,觉得她们长相好,成绩肯定一般,毕竟上帝很公平,哪能什么好事都集中在一个人身上呢?可这里是重点高中,每个学生都曾经是过去学校里的佼佼者。

第一次考试,我就受到了严重的威胁,班上居然有十几个同学排在了我前面,心里的惶恐油然而生,我对自己的自信产生了怀疑。第一名是一个叫官幽篁的男生,能够记住他,并不是因为他的成绩,而是他的安静。在一群爱说闹的男生中,他最沉默了。

班上一个叫许晏的女生,才开学不久,就被高年级的男生评为校花。看着每天笑脸盈盈的许晏,我就会无端失落,觉得她像一只高高在上的孔雀,而自己在她面前就像一只灰头土面的麻雀。

许晏喜欢官幽篁是班上公开的秘密。心底里,我是羡慕许晏的,她热情大方,而且勇敢。而我,无论如何也不敢主动找他说话。

二

爸爸在我上初中时又结婚了。继母是个厉害的女人,她来家后,就摆起了麻将桌,整天招揽很多人到家里打麻将。我不喜欢她,她也不喜欢我。

爸爸没再出门打工,继母买了辆摩托车让他去载客。爷爷也在继母家一个亲戚的帮忙下,找到一份在市郊守仓库的活,一家人总算可以聚在一起。这一切都归功于继母,但她的霸道,她对奶奶的不礼貌,她整天指着爸爸吆三喝四……让我没法喜欢她。

家里人来人往,都是继母招来打麻将的,继母说,那些人都是我们家的衣食父母,是一棵棵的摇钱树。我在家写作业时,即使再喧闹纷乱,我也不敢有意见。

长时间打麻将扰民,左右邻居意见很大,他们找上门论理,却被继母骂了个狗血淋头。后来有人报了警,家里的麻将桌被没收,罚了款,爸爸和继母还被拘留了半个月。

我拼命地读书，用第一名的成绩给爸爸苍凉的心带去一丝慰藉；我还希望自己能够考上很好的学校，为那个在邻里眼中不可救药的家带去一丝荣光；我牢牢记住妈妈生前对我说的话，这一辈子，我唯有好好读书，才不会过得那么苦。

上高中后，我离开了原来熟悉我家庭的同学，我曾以为这样可以过得从容一些。但是在班上，面对优秀沉默的官幽篁，我没有勇气主动开口，面对漂亮热情的许晏，我充满了绝望的自卑。

好成绩建立起来的自信和优越感随着名次的排后逐渐坍塌。我常常端坐着就莫名流泪，贫瘠的家，茫然的未来，哪一样都让我夜不能寐。

我铆足劲儿努力学习，暂时把对官幽篁的好感强压在心底。但我没想到，对校花许晏都无动于衷的官幽篁有一天居然会在放学路上等我。

三

那天傍晚，我正准备乘公交车回城市另一边的家。

"沫然，我载你吧！"官幽篁叫住正低头走路的我。我愣住了，迟疑不决。"上来吧，我和你同路。"他轻唤一声。我抬头看了他一眼，下意识地后退一步，脸涨得通红。这是第一次同学主动要载我，而且还是我唯一有好感的男生官幽篁。

见我还在犹豫，官幽篁又说："上来吧，可以省下很多时间写作业。"这是实话，每天放学回家，我都要在公车上浪费很多时间。一直想要一辆自行车，但我无法向爸爸开口。家里的钱都由继母管着，爸爸也无能为力。

傍晚的街道在夕阳下像一条沸腾的河流，汽车的喇叭声不绝于耳。看了看又堵成长龙的车流，我不再拒绝官幽篁的好意。官幽篁骑一辆很炫的助力车，我坐上车后，他轻声说："坐稳了。"然后启动引擎。车子像一条游动的鱼，在车辆的空隙左拐右挪，然后穿进一条巷子。我一手抓紧车后架，一手拽住官幽篁的后衣角，心跳加速，长发在风中舞动。

真的好快，才十几分钟，我就回到巷子口了。我叫官幽篁停下来。突然想到，他怎么知道我住这条巷子？我问他。官幽篁挠着头说："我也住这附近，我在河边看见过你很多次。"那他一定知道我家的状况了。我窘迫地道谢，匆匆走开。

后来听同学说，官幽篁确实住在那一带，但他住的那片是富人区，家家有小别墅。我想不明白，性格内敛的他，为什么偏偏会主动接近我？

许晏一下课就和几个女生围着官幽篁说笑，她活泼爱闹，笑声银铃般，但听在我耳朵里，却令我异常难受。官幽篁再笨，也应该明白许晏的示好。

我坐在位置上，手里捧着书，心思却全在官幽篁身上，竖起耳朵听他会说些什么。不过是一些寻常的聊天，但我心里还是会难过，既羡慕许晏的勇敢、热情，又讨厌她的主动。

放学后，我匆匆避开官幽篁，绕到离学校更远的一个站台等公车。有一次，我在车上看见了随车同行的他，在等红绿灯时，他一扭头就看见我。我的脸莫名涨红，急忙把视线转开。我很明白，我和他是不同世界的人，我再卑微，也不需要别人的同情。在班上，他几次走过来，想对我说什么，但我在他走近时急急地离开，不想给他开口的机会。

继母因为经济拮据，三天两头和爸爸吵架，她指桑骂槐，把一个家搞得鸡犬不宁。奶奶劝了一次，被她骂得泪汪汪，然后收拾东西搬到市郊去陪爷爷守仓库。我害怕回家，可是不回家，我又能去哪儿？我拼了命地学习、做习题，成绩越来越好，甚至有几次都超过官幽篁，位居全年级第一，但我开心不起来。

四

有一天傍晚，放学回家时，路上大堵车，天黑了我才到家。看见我推门进来，继母张口就骂："你看看现在几点了？你以为会读书就不要做家务呀，整天要我伺候你？门都没有……"爸爸让她少说两句，她就又闹开了，说我们父女两个联手欺负她，说她活不下去了，说这个家全靠她，说我们忘恩负义不记得她的功劳。

看着骂骂咧咧的继母，我真想摔下书包转身跑出去，再也不要回来。爸爸示意我不要顶嘴。其实继母为这个家所做的，我都记得，至少她的到来，让我天天可以看见爸爸了，但她经常无理取闹，让人很无奈和烦心。

我写完作业，悄悄溜出门，去了河边。幽暗的夜色下，平缓的河面暗自流淌，有低沉的流水声，像人在哭泣。我呆呆地坐了很久，回过头，不远处那片灯火明亮的别墅区，有美妙的钢琴声传出来。别墅区左面几百米远，路灯昏暗的地方就是我所住的小巷，在这个日新月异的城市里，它就像一块"城市牛皮癣"。

我突然想到，官幽篁这时在做什么呢？我一直不明白，住在大别墅里的他，为什么也不爱说话，有忧伤的眼神，还有那么孤独的背影？

"沫然，是你吗？"我吓了一跳，身后居然有人。

回过头，才看见是官幽篁。想到自己刚刚还在想他，脸倏地涨红，还好夜色掩饰了我的尴尬。

"你怎么也在这儿？"

"我晚上经常下来走走，以前也见过你。"他说。

找不到话了，我低头不语。气氛一时微妙起来，我感觉到自己的心跳在加速，手，不知不觉地抖动起来，掌心里沁满汗。

"为什么不坐我的车？我们同路，这样回家方便一些。"他想了一会儿，问我。

"不好总麻烦你。"我不敢看他，低头说。

"顺路，不麻烦的。以后就一起回家，别把时间浪费在路上。"官幽篁说。

我们散散淡淡地聊了一会，其实我很想问他，为什么对许晏的热情视而不见，却主动对我好？可我又怕自作多情，想了一下，还是没问。

"你过得很不开心，是吗？"

听到他的问话，我的心紧了一下，难道他看出了什么？我心里的不快乐，他也能看出来吗？我嗫嚅着，没再吱声。

"其实我也不开心，很孤单……"官幽篁喃喃自语，说起了他的家庭。原来他也是没妈的孩子，不同的是，当年是他的母亲执意要离开，远嫁国外，抛弃了他们父子，那时他已经10岁，明白了很多事。

他的父亲经过几年的拼搏，终于拥有了自己的公司，还买了别墅，另娶了娇妻。后妈对他很好，但他无法敞开心扉——连亲妈都不要他了，其他人对他的感情，他不在乎。他的后妈还给他生了个妹妹……

"好几次，我在阳台上都看见你了。你总是长时间低头坐在草地上，你在学校里，也总是一个人……"官幽篁说。

他的话像是一块块小石子，投入我的心河，漾起涟漪一片。那些郁积在心里很久的事情，在官幽篁真诚的注视下，我第一次说了出来。

五

我的位置调到窗户边时，我注意到，能在玻璃窗里看见坐在后排的官幽篁。就像发现了一个新天地，我喜欢看玻璃中的他，仿佛在欣赏一幅美妙的画。他的五官真好看，鼻梁高挺，眼神清澈，仿佛是从漫画中走出来的美少年。

有一次上课，我发现他笑了，舒展的笑容浅浅地挂在脸上，不知他突然想到了什么开心事，居然能够在课上笑起来。看见他笑，我也不自觉地露出笑容。他伸出手挥了挥，我才意识到，他早就发现了我的秘密，他那个笑容是给我的。一时间，我心如鹿撞。

许晏一如既往地热情，她像一只翩跹的彩蝶，把青春的华美尽情铺陈开来。听同学讲，有很多男生给她递纸条，但她一个也没回复。许晏还是热衷找官幽篁聊天，即使他只是礼貌地回应。许晏那么聪明的人，应该能明白官幽篁的淡漠吧，但她为什么还能谈笑自若呢？

我从来不在学校坐官幽篁的车，怕被人看见。每天放学后，我就到离校门较远的那个站台，官幽篁会等在那里。电动车抄近路从小巷回家，路程短了很多。每次回去后，我就先做家务活，然后再写作业。

那是一段美好的时光，我的心情从来没有那么轻松过。晚上写完作业，我都会偷偷溜到河边，官幽篁会等在我们约好的地方。我们有讲不完的话，其实我更喜欢听他说,官幽篁的声音充满了磁性。

不知道从哪一天开始,官幽篁载我回家的事被同学发现了。许晏愤怒地盯着我,像是要洞穿我的思想。她还故意在我面前大声嚷:"不叫的狗咬人最凶,真是看不出来呀!"

我不明白她的话,同桌低声问我:"你和官幽篁在一起?"我愣住了,难道我们以为很保密的行为早已被大家察觉?

"班上的同学都看见官幽篁载你回家了,昨天傍晚许晏也亲眼看见……"同桌说完,一脸羡慕地望着我。

我想解释又不知说什么,他们没瞎说,但是我们的关系不是大家想象的那样。或许官幽篁也在被人质疑的困惑中,我在玻璃窗看他时,他正眼神倦倦地望着窗外。

六

从那以后,我没敢再坐官幽篁的车,一放学就去等公交,晚上也不再去河边。我不知道,我们在一起的那些时光是对还是错,我只知道,那是我生命中最开心的一段日子。

官幽篁舒展的表情又郁结起来,我也恢复到最初的漠然。偶尔在走廊相遇时,我们匆匆对视一眼就转身离开。不知道谁把消息传到老班那里,他分别找我们谈话,虽然很含蓄,但意思明显。

许晏安静了,她不再围着官幽篁,不再笑容可掬。我心里惶然,她的不开心是因为我吗?可是她是否明白,我和官幽篁有多羡慕她的热情和快乐?官幽篁曾经说,希望有一天他能够像许晏一样开心过活,这样就好了。我也说过,如果哪一天,我能够像许晏一样放声大笑,那就太幸福了。

快乐对我们来说弥足珍贵。我们以为两个孤单的人在一起,就可以不孤单了。

继母闹到校长室,嚷嚷着要找官幽篁的家长索赔时,我才知道事情已经严重了。爱财如命的继母,在偶然知道官幽篁的家境后,竟然要敲诈对方。

我气哭了,但无力阻止。

事情风一样传遍全校,我的生活再无宁日。

官幽篁在高一结束后出国了,他曾告诉过我,他的父亲一直在办理移民的事。我只是没想到,一切会这么快。他离开前,我们没敢见面,他在电话里对我说,他会永远记得我们在一起的那段美好时光。

我也记得。只是从继母踏进校长室的那一刻起,我在官幽篁面前就卑微如鼠,任何话都难以启齿了。我不再去河边,怕自己会忍不住想他,想那段只属于我们俩的美好时光……

夏日里的暖暖阳光

  暖暖的阳光透过繁茂的枝叶洒落在我和游晓身上。我们并肩坐在树荫下，安静地说话，像熟识了很多年的老朋友。我抬起头看她时，一束光斑正好落在游晓的脸上，让她整个人看起来似乎笼罩着一种圣洁的光芒。

夏日里的暖暖阳光

安一心

一

游晓是刚转学来的新同学,一个很普通的女生。她在班上不活跃,可能是初来乍到或者是性格跟我一样内向的缘故吧,我不知道,也不关心。在她成为我的同桌之前,我们没有说过话。

第一次关注她,是有一天晚自习时突然停电,黑咕隆咚的教室里顿时乱成一锅粥,几个调皮的男生故意发出恐怖的声音,吓得胆小的女生尖叫连连。窗外的夜没有月亮,没有星星,黑黢黢的,整个校园像是瞬间跌入了无底的黑洞。

"亲爱的孩子,今天有没有哭,是否朋友都已经离去……"一阵纯美的歌声倏然响起时,嘈杂声消失了,那歌声以燎原之势瞬间席卷全班,大家都跟着哼唱起来。这是我们都很熟悉的老歌,在这样黑暗的夜里唱响,感觉很不一样。

我其实很爱唱歌,但从来没有勇气当着别人的面唱。在这样黑暗的时刻,没有人看得见，我反而能够很放松地一展歌喉，心里对第一个唱歌的人充满了感激，这种快乐就像孩子意外得到了一颗糖，惊喜不已。

十几分钟后，刺眼的灯光亮起来时，我们还在唱歌。

"游晓，没想到你的声音那么好听！"游晓的同桌在歌声停止后很激动地说。"是呀，停电的十几分钟里，听你唱歌是一种享受。"一个男同学随声附和。班上几个歌唱得很好的同学也你一言我一语地夸起来。

我这才把目光转向那个新来的叫游晓的女生，她的脸红得像熟透的苹果，可能是当面被那么多人夸有些不好意思，但看得出来，她很开心。我也很开心，能够在没有人注意的情况下第一次放声歌唱，还唱得那么投入。

二

期中考试后，班上重新调整座位，没想到我的新同桌会是游晓。她把东西搬过来时，开心地冲我笑。我点点头，算是回应。

我很少主动与人交谈，生性如此，想改却不是那么容易。我很小的时候，父母就离婚了，我跟爷爷奶奶长大。他们寡言少语，而且奉行"言多必失""祸从口出"的箴言。此外，可能我内心深处对身边的人还有些戒备吧。小时候，看见别的小朋友被父母牵着逛公园时，我就很羡慕。爸爸很少与我交流，为了生活，他总是忙忙碌碌的，连在家吃饭的次数都很少。

下课时，游晓主动问我："连琪，你好像不怎么说话？"我对她笑笑，没解释。所有人都看得出来，我在班上几乎没发出过声音，上课不举手，下课不聊天，整天都不说话，有同学在背后还叫我"闷葫芦"。

"游晓，你以后可有得受了，你的同桌可是'金口难开'。"后桌的男同学逗趣说。

"那你们为什么不想办法让他开口呢？"游晓瞪着那双充满灵气的眼睛问。

"没想那么多。快乐是自己找的，别人给不了。"那男生说完，吹一声响亮的口哨，转身走出教室。

游晓突然叫了一声我的名字。

"怎么了？"我转头问她，见到她看我的表情很奇怪。

"没什么啦，就是叫叫你的名字。"游晓扮了个鬼脸说。

"神经！"看她搞怪的表情，我笑着说。

我感觉得到，游晓一直希望找我说话。有时，可能她自己都不知道要说什么，就叫一声我的名字，然后一个人傻笑。有时，她会给我讲一个小笑话，然后自己笑得前俯后仰的，捂着肚子叫疼。我不知道她为什么要那么努力地引导我说话，但看见她笑，我也会跟着开心起来。遇见一个像我这样没趣的同桌，确实挺郁闷的。

南方的夏天来得快，几场绵绵不绝的春雨过后，天气一天比一天炎热起来。不知不觉间，校园里的梧桐树已经吐露嫩芽，抽枝长叶。五一劳动节过后，校园里就郁郁葱葱、满眼皆绿了。

我很喜欢新长的叶子，嫩绿的，在阳光下闪烁着耀眼的光芒。从教室的窗户看出去，眼前充满生机的绿叶让我的心情也跟着开朗起来。

可能还有游晓的原因，同桌一个月来，她每天总是会主动找我唠上几句，让我这个"隐形人"再也没办法像过去一样沉默。游晓的真诚我能感知，她的快乐也潜移默化地感染着我，让我在不知不觉中变化了。

三

游晓喜欢唱歌，自从那次晚自习上一鸣惊人后，大家都说她是我们班的"歌星"。她倒也不谦虚。雨天不出操时，大家都喜欢聚在我们的座位周边，跟游晓一起唱歌。

我是"近水楼台先得月"，听她美妙的歌声是一种享受。我最喜欢听她唱那首《月牙泉》，那空灵的歌声仿佛一双温柔的手，一下又一下地拨动我的心弦。

有一次晚自习前，游晓又在唱《月牙泉》时，我居然情不自禁地跟着哼唱起来。这是一首我特别喜欢和熟悉的歌，许多个无眠的夜晚，我就一直听着这首歌，让自己沉溺在那优美又带有些忧伤的旋律中。

我不知道游晓什么时候已经停止唱歌了，只有我一个人还在投入地唱。她拍着掌热切地说："连琪，你是真人不露相呀！真没想到，你的歌声如此深情动听！"听游晓这样说，我面红耳赤，一时窘迫得想挖个地洞躲起来。我是喜欢唱歌，但一直以来，我都为自己"男身女调"而自卑，从来不轻易开口唱歌。就连说话，我也不愿多说。小时候，因为声音的缘故，我常被人嘲笑，那些伤害，我一直都记得。

游晓还在兴奋地喋喋不休时，我在大家的注视下深深地垂下了头，心里非常忐忑。我害怕又一次听到那些刺耳的话。可是这一次，我听到了一阵热烈的掌声。

"连琪真棒！"有同学在后边喊。

我一直低着头，脸涨得通红，一句话也说不出来。

"我们大家合唱光良的《童话》吧，要一起唱哟！"游晓应该是看出了我的尴尬，她善解人意地转移了大家的注意力。

十四五岁的男生，青春张扬，对自己的性别很清楚，谁会希望自己的声音被人说成是女声呢？我很感激游晓的提议，大家再次唱起来时，我才暗暗地松了口气。

晚自习的时候，游晓一直偷偷找我说话，我没勇气面对她，就装作不理睬。"你不会不知道李玉刚吧？我很喜欢他的《贵妃醉酒》。再说现在那么流行反串，有什么好难为情的？你唱得真的很好听。"她见我不说话，就递了张纸条过来。

"你不会明白我的心情。"我回了张纸条给她。以前，由于声音的缘故，我被人说是"娘娘腔"，那些不堪回首的经历，她永远不会明白。女生会唱男调是一种荣耀，而男生唱女调就是一种耻辱了。至少在我的认识里就是这样。别人鄙视的眼神、不屑的谩骂，就像一把把尖刀把我的心割得血淋淋的。

"我是不明白，可是你能否告诉我，让我了解？"游晓坚持问我，但我没再回复她。我不想把自己的伤口展示给别人看，特别是一个女生，那会让我无地自容。我不需要同情，我也有自己不容别人践踏的年轻的自尊。

那天晚自习后，我渐渐开始躲避游晓。不知为什么，我在她面前总是心慌意乱、没有自信，就像自己的秘密被她无意间撞破了一样。游晓还是老样子，喜欢找我说话，告诉我她的过去和一些属于她的秘密。

用秘密交换秘密，或许这是打开心扉最好的办法。在我知道了很多游晓的故事后，一个阳光灿烂的晌午，我第一次对她说起了我的故事。那些并不开心的过往让我压抑了很久，说出来后心里反倒轻松了，就像卸下了每天背在身上的包袱。

暖暖的阳光透过繁茂的枝叶洒落在我和游晓身上。我们并肩坐在树荫下，安静地说话，像熟识了很多年的老朋友。我抬起头看她时，一束光斑正好落在游晓的脸上，让她整个人看起来似乎笼罩着一种圣洁的光芒。

四

省电视台要举办一个中学生唱歌比赛，游晓一直怂恿我去报名。我不敢，摇头拒绝。"那我们合唱《月牙泉》吧，肯定行的。"她又建议，我还是拒绝。

我没想到，这家伙居然自作主张替我报了名。我骑虎难下，只能硬着头皮参战。其实内心里我是希望参加比赛的，只是太多的担忧让我有些畏首畏尾。"你就是要勇敢地唱出自己，唱得响亮，总不能因为声音的缘故永远龟缩在角落。再说了，你的声音很有特点，很好听，不唱歌太浪费了。"她给我打气。"我怕自己不行，也受不了别人的嘲笑，那种锥心的痛，你不明白。"我担心地说。"有谁嘲笑李玉刚了？他不是唱得千娇百媚吗？但大家都接受他。还有那些反串演员，一个个不都活得好好的？除非你是熊包。"游晓使出激将法。我听得明白，但还是很难想象自己敢在那么多人面前唱歌。

游晓报了名后就开始积极准备，她说："结果不重要，重要的是享受过程。"刚开始，我总是拖拖拉拉不愿意跟她去排练。她就押着我去，还用哀求的口吻说："连琪，拜托了，成全我吧，我很久没参加过比赛了。"

逗得我忍俊不禁。我懂游晓的良苦用心，她只是希望借这次机会让我能够从阴影里真正走出来，并且认可自己。

很多同学都报名了，看着海选现场黑压压的人群，我心里异常紧张，那颗心如鹿撞，如鼓擂，稍稍鼓起的勇气又消失了。我想离开时，游晓一把抓住我的手，盯住我的眼睛激动地说："你是个男子汉吗？难道你不明白真正的男子汉的标准不在于他声音的粗细，而是勇气！如果你今天回去，我们永远绝交，而且在我心里，你以后就是一个没长骨头的'娘娘腔'。"

旁边的人都把头转过来看，我急急低下头。

"求你了，连琪，勇敢唱一次，我很想参加这次歌唱比赛。"见旁人观望，游晓急忙压低声音恳求我。

我摇摆不定，脑子里一直有两个声音在纠缠。我害怕我的"女调"唱出来后被人嘲笑，但也渴望有那么一次机会让自己表现。

"勇敢唱一次，行吗？"游晓的眼眶突然濡湿了。

听着她哽咽的声音，我狠狠心，答应了她。

豁出去了，就让嘲笑声来得更猛烈些吧！我一定会挺住，不让自己再流泪。我知道，如果这一次我放弃了，那么以后我都将没有勇气面对自己。声音天生如此，这是我无法改变的，我能够改变的是使自己的内心更强大，让自己变得更坚强和勇敢。

夏日里的暖暖阳光下，我们双手紧握在一起。就像游晓说的，我要勇敢地唱出自己，唱得响亮，别的真的不重要了。

"97号！"广播里叫到我们的号码牌时，我和游晓相视而笑，坚定地走进了海选面试大厅。

我知道，这将是一个全新的开始。

室友杨若琳

杜智萍

杨若琳是我们班人缘最差的女生,她自己似乎都不知道大家对她的讨厌,整天穿得花枝招展,一开口就嗲声嗲气的,还自称"萌版林志玲"。我们背着她直喊"呸"。

杨若琳脸皮真够厚的,明明在其他宿舍被人集体轰赶出来,到了我们宿舍后,还敢说她在那间宿舍住腻了,特意申请来我们宿舍快活几天,那话说得我们学校的宿舍就像是她家的房间,她想住哪儿就住哪儿。

七个女生的快乐小屋,因为杨若琳的到来有过一段时间的休整期。那段时间里,我们不敢轻易说话,更不敢随便开玩笑,因为以前我们都是以取笑她为乐,总模仿她那腻死人不偿命的口吻说话,现在她来了,大家真是不适应,有什么话都不敢在宿舍说了。

杨若琳的感觉器官肯定很迟钝,特别是那双看似水灵灵的大眼睛一定有问题,我们明明在集体排斥她,她还总是一回宿舍就挤到我们的小团体来,更让人愤慨的是,她总把自己当成什么大人物,一会儿指挥这个干什么,一会儿又点评谁的着装打扮不得体,反正在她眼中,我们七个女生是需要她好好教导的"乡姑"。杨若琳说,我们明明生活在城市里,为什看你们的打扮就像乡下姑娘呢？我当时一听就来气了，我就是从乡下来的，乡下姑娘怎么了？哪点不比她这个"小妖精"强呢？我硬生生地反击她，第一次把伶牙俐齿的杨若琳堵得哑口无言。

只是让我意想不到的是，才没过几天，杨若琳和她的同桌柳玫吵架，吵得不可开交，柳玫坚决要调换位置，老班没办法，只好让我这个学习委员和杨若琳同桌。我把东西搬过去时，杨若琳居然对我一脸灿笑，还伏在我耳畔悄声说："欢迎欢迎！"这人真怪，刚刚还和柳玫吵得横眉竖眼的，转眼间就能笑成一朵花。我尴尬地拉动嘴角的弧线，看了她一眼就把决绝的背影留给她。前几天才在宿舍吵完架，我可是放不下脸来接受她的笑容。

杨若琳倒像是什么都不曾发生一样，一下课就拉住我的手，要我陪她去校食堂的小卖部买零食。我甩开她的手，耸耸肩说："不好意思，乡下姑娘不爱吃零食。"然后欢笑着跑到柳玫她们那边，几个人叽叽喳喳地聊起了明星八卦。我偷偷瞥了杨若琳一眼，在她眼中看见了一抹稍纵即逝的黯淡。她回到靠窗的位置，一直坐在那里望着窗外的桂花树愣神。

杨若琳终于安静了几天，那些天看着她萎靡不振的样子，我心里莫名地有点儿难受，但一想起她原来春风得意、一副高高在上的样子我就解气。她也会有失落的时候？她是该好好反省一下自己，太过张扬，总得吃点儿苦果子，要不，她还以为她是天下第一能人呢！

在宿舍里，大家更是把她当成空气，即使她在现场，也有人故意捏腔拿调地讥笑她。杨若琳倒也沉得住气，她对着宽大的穿衣镜左转右扭，理理头发，扯扯衣袂，再拍拍脸颊，旁若无人地打扮自己。

"妖精出洞了！"柳玫在杨若琳推开门准备出去时，故意叫了一句。我们以为杨若琳肯定会回过头来唇枪舌剑一番后再出去，可是这次她没有，她转过头来，先回到床头拿了一本书，然后淡淡地说："跟一群无知的人没什么好说的。"然后飘飘然走了，留下宿舍里我们一群人惊讶不已。她用无视来反击我们的挑衅？柳玫第一个大叫起来："杨若琳，我们跟你没完。"柳玫的声音杀猪似的，我们都禁不住笑了。没想到这时，已经走出宿舍的杨若琳又倒回来，微笑着说："柳玫，请注意形象！""滚！"我们集体发出一声吼叫。这个杨若琳太气人了，居然以一敌七，把我们的气势打败了。

宿舍熄灯后的"卧谈会"，我们谈笑风生，把班上甚至于其他班的帅哥都一一点评了一遍。往往这时，杨若琳总会不屑地进出一句："帅哥总是配美女，就你们这样的形象，别人会看得上眼吗？""你不说话没人当你是哑巴，你再吭声小心我们把你赶出去。"柳玫气呼呼地说。"就是，又没人跟你说话，插什么嘴。"我们几个紧跟着附和。"狗咬吕洞宾，算了，不说了，那些男生说的话，我也不告诉你们了。"杨若琳不紧不慢地说。"那些男生说我们什么了？"柳玫第一个沉不住气。"你真想知道？"杨若琳故意吊柳玫的胃口。"爱说不说，不说拉倒。"柳玫说，却在床上翻来覆去。"那我告诉你，可不许生气哟！"杨若琳说。我猜肯定不会是什么好话，却也屏息聆听。"那些男生说了，你们都挺漂亮的，但不会穿衣服，还太凶了，像母夜叉。"杨若琳说。"你才像母夜叉呢。"柳玫低声应了一句。"你看，不高兴了吧？算了，不说了。我知道你们都嫉妒我。"杨若琳说。

这个杨若琳真是自信，无论什么时候，她都自以为天下第一美貌、第一时尚，总喜欢对人品头论足，被人排斥和孤立在所难免。但我发现，她现在讲话较之以前有所改变了，虽然还总是沾沾自喜，但她少有与人争论了。

我们同桌，又是同宿舍，她的一举一动都在我的眼皮底下。别看她整天爱打扮，爱卖嗲，但她的成绩其实不差，每次考试都能考进班上前十名。在这所省重点高中里，想保持前十名也不是件容易的事。上高中了，大家的目标都很明确，谁也不会甘愿输给别人。

杨若琳应该是知道了大家不喜欢她吧，她亲口问过我："刘忻，你们是不是都很不喜欢我？"她问我这话时，校园里的桂花正开得欢，浓郁的香味氤氲在校园上空。

我不知道要如何回答她，沉默了。她自己先笑了起来，然后说："其实我早知道了，可能是个性不同吧，我爱打扮、爱表现、爱出风头，所以不招人待见。但我爱打扮没影响学习，让自己漂亮点儿，心情也舒畅，还有我对你们一直都是真诚的，没耍过心眼……"那天杨若琳说了很多，第一次向我敞开心扉。

我紧张地看了她一眼，为自己曾在背后说了很多她的坏话汗颜。不可否认，杨若琳是个率真的人，心里想说什么就说什么，从不拐弯抹角，她爱发嗲、爱打扮，那是她自己的事，但我们却因为她跟我们的不同而中伤她、排挤她。

"我从来就没有好朋友，以前是，现在也是，可能我的性格真的不好，不受欢迎，我也想改变自己，但有时一激动起来就忘记了，得罪人了也不知道。我很多次想融入你们的圈子，努力了，但还是无济于事……"杨若琳说着，轻叹了一声。

她的那声叹息让我心里很不是滋味，我没想到，她也会在乎我们的友谊，会在乎别人对她的态度。原来过去的她只是用"云淡风轻"的表面假象来掩饰自己的失落。其实，她和我们一样，她在乎。每个青春里的女孩都一样吧，希望被人注意，被人重视，她想到了也做了，而我们是想做却不敢，只有嫉妒别人的锋芒。

看着眼前若有所思的杨若琳，我动情地握住了她的手，她已经几次向我示好，向我伸出友情的橄榄枝，我不想再错过。我明白，人都是不同的，为什么不允许别人张扬个性呢？只要她不去伤害别人，一切都是可行的。这个率真的女孩，她也有可爱和可贵的地方。

一场持久的青春对弈

杜智萍

一

"这次考试,又是我们班的姚麦和许恬恬并列年级第一,真是可喜可贺呀!"老师一走进教室就笑容可掬地向大家公布这一好消息。

同学们热烈鼓掌,大声叫好。可是我却板着脸,无动于衷。这不是我想要的结果,我加班加点,把眼睛都熬出了黑眼圈,哪怕只超过她半分,我也会开心。我转过头用恶狠狠的目光瞟向她时,没想到,姚麦也正好转头看我,眼中满是不屑。

我冷哼一声,倔强地咬紧嘴唇。无论如何,我都要赢过她。我在心里再一次告诉自己。我知道她是不好战胜的,同学了两年多时间,我们之间的竞争就没有停止过。从初一开始一直到初三,我们都是宿敌。

我怎么也忘不了,在初一时,老师要在我们两人中间选一个班长。老师的话音未落,她就举手了,她说她比我更适合当班长,还说她小学时就一直是班长,管理班级有经验……什么人呀?我心里极不舒服,虽然我对"班长"的职务一点儿也不稀罕,但听了她的话后,我也举起手,向老师毛遂自荐。

我是个比较闷的人,平时话少,也不张扬,我第一次为了维护自己的尊严,对姚麦公开发出的挑战进行反抗。我对老师说,我有耐心,愿意帮助班上的同学……话未完,脸却涨得通红。自卖自夸实在是件难为情的事,说到最后,我的声音居然低得像是蚊子叫。

结果不出所料,姚麦当上了正班长,我是副的,得协助她工作。看着姚麦一脸得意扬扬的笑容,我恨死她了。挂个副班长的名头,我什么工作也不做,全由她一手包办。估计她也不喜欢我插手,事事由她说了算,有时她还会自作主张地包揽老师的工作,说是减轻老师的担子,搞得自己整天很忙,又爱嚷嚷,说是累死了。

姚麦精力旺盛,爱说笑,还是个大嗓门儿。一到下课,整个教室就响彻她夸张的笑声。其实有些事情根本没什么好笑,她也能笑个半天。后排的男生说姚麦的笑神经很发达,我却觉得她是笑多了发神经。整个初中三年,我的耳朵备受折磨,真是听多了她夸张的笑声都快要犯神经了。

二

我很不明白,看姚麦天天忙这忙那的,学习却依旧很好。我是想一枝独秀的,可是遇见她,这个理想只能当梦想了,她是个强悍的对手。

在班上,我仅有几个特别要好的女同学,她们跟我一样,不喜欢姚麦整天嚷嚷个不停,也不喜欢听见她闹铃般的笑声。我特别不屑她曾在一篇作文里用"银铃"这个词汇来形容自己的笑声,于是几个人私下里给她起了个外号"闹铃"。

姚麦倒是人缘好,男生女生和她都亲热得像是兄弟姐妹。可能见我总是没什么朋友在一起,她曾热情洋溢地拉拢我,想让我加入她的大部队。但我的冷漠像冰,顿时把她的热情冷却了,她指着我说:"不知好歹。"我反驳她:"我没你热情似火,你是你,我是我。""就你整天假清高。"她嘟囔一声,撤退了,一出教室就欢天喜地地加入其他同学的游戏中,玩得不亦乐乎，仿佛刚才的不愉快像烟一样散了。

我转过头，透过玻璃窗，就看见了姚麦活蹦乱跳的身影。我不屑地噘噘嘴，漫不经心地从书包里掏出新买的《物理指导》。每次考试我就物理拖后腿，而姚麦的物理考试几乎都能满分，我和她之间的输赢，就取决于物理。我想好了，一定要努力"啃"下物理这块硬骨头，如果成了，我就有机会次次赢过她。我的物理也不是很差，但一遇见难一些的题目，我就没辙了。其他的科目，两人间的差距也就几分之间，认真一点儿，我胜券在握。

姚麦后来应该是明白了我对她存有敌意，也明白我一直把她当成对手。我听见她对她的好朋友说："那个许恬恬心眼儿特小，想赢过我，门都没有。"她还真以为她是无敌女金刚，我才不信邪，我认为只要找对了方法，加上努力，肯定能赢过她。"功到自然成"——我信奉这句话，所以我时刻提醒自己：许恬恬，你一定要加油！一定要赢过闹铃姚麦。

可是物理真是我的冤家，无论我如何努力，总是拐不过弯来，这定律那定律的，烦都烦死人。难道我是物理白痴？在努力了很长一段时间还不见成效后，我对自己产生了严重的怀疑。或许是害怕吧，也或许是因为厌倦，我的物理成绩不进反退。每次物理考试后，看见老师请姚麦上讲台给大家讲解那些全班唯有她一个人做对的难题时，我就浑身不舒服。你看那姚麦的头昂得多高呀，还故作矜持，嘴里说着谦虚的话，脸上却洋溢着得意的笑。呸！我瞥了她一眼，固执地把头转向窗外，而耳朵却不由自主地被她甜美的声音吸引过去。

物理老师最可恶了，他居然在课堂上说："许恬恬，你要多向姚麦请教，我知道你其他科都很拔尖，可不能被物理耽搁了。"我知道老师是为我好，可是我能向姚麦请教吗？那我不就是主动认输了？不可能！我心里想。

可是姚麦却当真了，一下课，她就跑过来对我说："许恬恬，如果物理有什么不懂的，可以来问我。"看着她灿笑如花的脸，听完她的话，我却是恼怒了，冷冷地说："你以为你是物理专家呀？"我的冷漠，我的讽刺，彻底激怒了她，她再一次指着我骂："许恬恬，你就是不知好歹！你以为你清高呀？你以为赢了我就赢了全世界吗？你连自己都赢不了……"一向热情待人的姚麦，这次是气疯了，她足足骂了我十分钟，直到上课铃响起，她还不解气地骂我是一个浑球。我反驳她，却是词穷，而且明显底气不足。旁观的同学也在窃窃私语，说的都是我的不对。那十分钟里，我心虚，没有勇气对视她的眼睛。

姚麦是发了狠吧，那一段时间里，她比我还刻苦，她还托人传话给我，说是接受我的挑战。

三

单单在学习上，我还不怕她，我对自己有信心，可是姚麦还是我们班的"短跑女王"。她的腿长，爆发力好，一百米、二百米都是她的强项。我最拿得出手的项目只有八百米，曾经在校运动会上拿过第二名。

当学校一年一度的运动会再次拉开帷幕时，我和姚麦都跃跃欲试。运动会期间都是各班凝聚力最强的时候，为了班级荣誉，我们都会在放学后一起训练。还别说，短发的姚麦，穿着蓝色运动短装和跑鞋，在夕阳的照耀下奔跑起来时，还真是英姿飒爽。

大家都在刻苦训练，我也没闲着。我的耐力好，拼一拼，我相信自己有实力争夺冠军。作为组织者，姚麦可是忙得团团转，她不仅要带领大家一起练习，还要给这个一点儿鼓励，给那个一些建议，自己也要不停地练习起跑动作。看她忙得连喝水的时间都没有时，我就想，她为什么就不能来求求我，让我这个副班长代劳一下呢？她就是爱死撑，这是我对她下的定义。

校运动会在大家的翘首期盼中来临了，学校停课三天。我们班空前团结，大家拧成一股绳，无论是谁上场，都少不了震天的"加油"声。初赛、复赛，我都轻松胜出，最后一天进行决赛时，我都感觉那个冠军已经触手可及了。

姚麦没有辱没她"短跑女王"的称号，一百米、二百米的决赛中，她以绝对的优势完胜。看着她一马当先地冲过终点时，我真是激动得想要跑过去抱住她，为她欢呼。可是我才挪动脚步，姚麦已经被班上其他女生团团围住，她们抱住她兴高采烈地乱蹦乱跳。我迟疑了一下还是走开了，心里也在为自己鼓劲。下一个等着瞧我的！我不会输给姚麦，她可以为班级争光，我也可以。

我信心满满地站上了八百米的比赛跑道，随着发令枪声响起，我就像一只离弦的箭，一路往前奔去。在跑步的过程中，我的脑海里一直浮现出姚麦的笑脸，我知道她现在一定正看着我。进入最后一百米时，我已经冲到了最前面的位置。我咬紧牙关，努力向前冲，憧憬着属于我的荣耀和欢呼。

只剩最后几米了，想着将要到手的第一名，我正暗自欢喜时，脚下一个趔趄，我突然重重地摔了一跤，整个人栽在地上。沙土跑道擦破了我的膝盖、我的手掌，血一下就流了出来。我想赶紧爬起来时，才发现自己的脚崴了，动一下就痛得揪心。"赶快起来！快起来！"有声音在我旁边叫，我微微抬起头看，是姚麦。她正焦急地盯着我，一脸关切。

别的同学也很快围了过来，她们在跑道边喊我的名字，喊着"加油"。我想爬起来，却动不了，看着后边的选手一个一个从我身边跑过，泪水不争气地流了出来。姚麦突然拨开人群，向我跑了过来，或许她是看我自己真的起不来了，于是把我扶起来。"是不是脚崴了？"她急切地问。我点头，身上的痛、心里的难过同时涌起，泪水又禁不住流出。

我没想到，个头跟我差不多的姚麦，她会背起我去学校医疗室。她走得快，气一直在喘。身后跟了很多同学，她们也帮忙扶住我。我趴在姚麦并不宽厚的背上，想着往日里我对她的敌视，脸倏地涨得通红，还好没人看见我的难为情。

我因唾手可得的第一名丢失了，没为班级争光而耿耿于怀。姚麦却说："许恬恬，没关系，你是我们心目中的冠军！我们挺你！"

因为运动会上的突发事件，我和姚麦倒是走近了。毕竟受人恩惠，我也不好意思老是对她横眉竖眼，再说，老师也一再强调，正副班长要紧密配合，这样才能把班级工作做好。

四

我很后悔，我浪费了那么多的时光没有与姚麦好好相处。其实她是一个很不错的人，热情大方，还爱搞怪，时常逗得大家哈哈笑，她自己也笑得前俯后仰。

寒假过后，只有半年，我们就要参加中考，然后分道扬镳。我已经听同学说了，姚麦高中要去省城读，她的父母已经调过去工作了，本来她初二结束后就得转学过去的，但一直没走，说是最后一年，要留下来和大家一起参加中考。

"你没走，是因为我吗？和我竞争？"一次晚自习结束后，我在路上问她。自从我们成为好朋友后，我们天天结伴回家，毕竟我们住在同一条街上。姚麦看着我，不置可否，说："你认为呢？""肯定是，去哪找我这么强悍的对手呢？"我笑着说。"青春是一场持久的对弈！"姚麦突然很诗意地吟咏一句。我的鸡皮疙瘩掉了一地，她从来没有这么文艺过，这句话由我来说还差不多。"那就放马过来。"我嘟起嘴。

其实一直以来，都是我在和她比，这场对弈是我挑起。或许她也从中找到了乐趣吧，所以那时才会放话出来，接受我的挑战。我们都是不服输的人，年轻嘛，哪能轻易认输呢？有对手也挺好，这两年间，我过得很充实。

姚麦主动提出，让我传授她一些写作上的心得。确实，我的语文能够胜过她，全凭我的作文分比她高。我欣然应允姚麦的请求。同样的，我也接受她帮我复习物理。我很感激姚麦，她知道我的想法，所以给我备好台阶，让我没有负担地接受她的帮助。

姚麦说，她要一直和我竞争下去，就算上高中了，我们不在一起也要比，现在通讯那么发达，想知道彼此的消息那还不简单，只要有心，就一定没有做不到的事。

我点头说"是"，并且与她定下了这场持久的青春对弈。

"你就不怕我物理赶上来后，超过你？"我故意逗她。"怕！我可怕了，不过，总分不就100分嘛，难道你能考出120分？"姚麦气我成瘾。

我们打打闹闹，把紧张的学习生活过得精彩无限。她还知道了我曾经给她起的外号"闹铃"。她问我："你一定没听过银铃声吧？"我不解。她就呵呵地笑起来，然后一本正经地告诉我："这就是银铃般的笑声。"我白了她一眼，也嘻嘻笑起来，然后捂住嘴说："我这才是银铃般的笑声。"她故意瞪大眼，然后趁我不备，挠我痒痒，吓得我撒腿就跑。她追在后面，大声叫："以后别叫我闹铃，仅有的一点儿淑女气质都被这个破外号弄没了。"

夕阳下的校园，涂满了黄铜般的温暖颜色。操场上有两个女生，正一前一后跑得欢，那便是我和姚麦，她追着我，要我以后再不能叫她"闹铃"。我们奔跑着，欢笑着，一串串银铃般的笑声在晴朗的天空飞扬。

原谅少年卑微的乞求

安可儿

我从来不曾向人乞求过什么东西，金钱、物质、爱情、同情，或者怜悯。强烈的自尊心，让我一路走来，始终骄傲地高昂着头，并将一颗柔韧敏感的心，用坚硬的外壳层层包裹起来。就像缓慢爬行的蜗牛，在日光下，将身体藏进安全的壳中。

可是，我却用过整整一年的时间，恳求一个女孩，给我一段携手向前的温暖的友情。

彼时我读高一，舅舅费了很大的努力才让我从一所普通中学转到重点高中里来。我记得我进来的时候，正是课间，老师在混乱嘈杂中简单地介绍几句，便让我坐到事先排好的位置上去。没有人因为我的到来而停止歌唱或者喧哗。就像一粒微尘，在阳光里一闪，倏忽便不见了踪影。我在这样的忽视中，坐在一个胖胖的女生旁边。她只是将放在我位置上的书，哗一下揽到自己的身边来，便又扭头与人谈论明星八卦。

我突然有些惶恐，像是一只小兽，落入陷阱，却怎么也盼不来那个将要拯救自己的人。而蓝，就是在这时回头，将一块干净的抹布放在我的桌上，又微微笑道："许久没有人坐，都是灰尘，擦一擦再放书包吧！"我欣喜地抬头，看见笑容纯美恬静的蓝，正歪头俏皮地注视着我。我在她热情的微笑里，竟是感到一丝羞涩，好像遇到一个喜欢的男孩，初恋般的情愫丝丝缕缕地从心底弥漫升腾起来。

我在第二天做早操的时候，偷偷地将一块舅舅从国外带来的奶糖放到蓝的手中。蓝诧异地看我一眼，又看看奶糖，笑着剥开来，并随手将漂亮的糖纸丢在地上。我是在蓝走远了才弯身将糖纸捡起来，细心地抚平了，并放入兜里。

蓝是个活泼外向的女孩，她的身边，总是有许多朋友，其中一些来自外班，甚至外校。他们在放学后，聚在教室门口等她。她的朋友中，还有不少男生，他们在一起像一个快乐的乐队，或者青春组合，那种浓郁动感的节奏，是我这样素朴平淡的女孩永远都无法介入的。

可是，明明知道无法介入，想要一份友情的欲望还是强烈地推动着我，犹如想要靠近蓝天的蜗牛，一点点地向耀眼明亮的蓝爬去。

我将所有珍藏的宝贝送给蓝。邮票、书、信纸、发夹、丝线、纽扣……我成绩平平，不能给蓝学习上的帮助；我长相不美，无法吸引住蓝身边的某个男孩，从而靠近她；我歌声也不悠扬，不能作为文娱委员的蓝增添丝毫的光彩；我还笨嘴拙舌，与蓝在一起，会让她觉得索然无味。我什么都不能给蓝，除了那些不会说话且让蓝觉得并不讨厌的"宝贝"。

起初，蓝都会笑着接过，并说声谢谢。她总是随意地将它们放在桌面上，或者顺手夹入某本书里。她甚至将一个可爱的泥人压在一摞书下。她不知道那个泥人，是我过生日时爸爸专程从天津给我买来的，它在我的书桌上，陪我度过每一个孤单的夜晚。它在我的手中半年了，依然鲜亮如初，连衣服上每一个褶皱都清晰可见。可是，我却在送给蓝之后的第二天，发现它已经脱落了一块颜色。我记得当时我的心像被人用针扎了一下，疼痛倏然蔓延全身。我小心翼翼地提醒蓝，告诉她这个泥人是不经碰的。蓝这才恍然大悟般地将倒下的泥人扶正了，又回头开玩笑道："嘿，没关系，泥人没有心，不知道疼呢。"

这个玩笑却是让我感伤了许久。就像那个泥人是我自己，满心欢喜地站在蓝的书桌上,等着她爱抚地注视我一眼,可是,蓝却漫不经心地,像扫掉尘土一样,将我碰倒在冰冷的桌面上,且长久地忘记了我的存在,任由尘灰落满我鲜亮的衣服。

我从不奢望可以像其他女孩子一样,在蓝的身边轻松地来去,所以我只期望可以用自己十分的努力换来蓝一分的友情。可是,蓝却像片云朵,被那缥缈无形的风吹着,如果路过我的身边,那不过是因为偶然。

我依然记得那个春天的午后,我将辛苦淘来的一个漂亮的笔筒送给蓝。蓝正与她的几个朋友说着话,看我递过来的笔筒,连谢谢都没有说,便高高举起来,朝她的朋友们喊:"谁帮我下课去买巧克力吃,我便将这个笔筒送给谁!"几个女孩纷纷地举起手,去抢那个笔筒。我站在蓝的身后,突然间难过,而后勇敢地将那个笔筒一把夺过来。转身离开前,我只说了一句话:"抱歉,蓝,这个笔筒,我不是送给你的。"

我终于将对蓝的那份友情收回,安放在心灵的一角,且再不肯给任何一个漠视它的人。

许多年后,我在人生的途中,终于可以一个人走得从容、勇敢、无畏,且不再乞求外人的拯救与安慰,这样的时候,我再想起蓝,或许方可真正地原谅她。

我想原谅蓝,其实,也是原谅那个惶恐无助的年少的自己。

宽容是良药

杜文华

一

在市一高遇见安然时,我不仅诧异,而且尴尬。我涨红着脸,慌乱地瞥了他一眼就撇下同桌匆匆跑回教室。我坐下时,心依然怦怦乱跳。他怎么也考进来了?当初他的成绩并不出色呀。虽然一年多时间没见了,但我确定他是安然。

同桌也跟着跑进教室,问我怎么了,我没说,只是喘气。往事又像放电影般在我脑海闪现。我对不起安然,虽然他的离开并不是我的本意,但当我把他写给我的"情书"交给老师后,事态的发展就由不得我了。我的本意只是希望老师批评他一下,不要打扰我平静的学习生活,没想到,事情闹到最后,他被勒令自动退学。

他离开后的日子,我遭到了同学们的集体孤立。大家都不敢相信我会做出这样的事,他们冷眼看我,一脸不屑。还有同学当面骂我"冷血动物""心狠手辣"。我无言以对,只有在黑暗的夜里,独自躺在被窝时,一次次泪流满面地想起他。

二

彼时，我们都是县一中初二的学生，同班。我从来没想过，班上会有男生敢喜欢我，而且还敢大胆地把所谓的"情书"塞进我的书包。我的成绩很好，是老师最宠爱的学生。在班上，我就像只骄傲的孔雀，平时只和女生玩，从来不把男生放在眼里。

在我拿着那封"情书"思忖时，我突然想起了班上以前发生的一件恶作剧。几个男生为了寻开心，就打赌让其中一个写匿名信给一个女生，并且邀她晚自习结束后在"莲香园"见面。那个女生不明真相，晚自习后真去了，还傻等到莲香园打烊。这个笑话全校皆知，被人笑作"花痴"的女生很长时间里在同学中抬不起头来，后来悄悄转学走了。

想起这件事时，我暗笑，还好有前车之鉴，要不落入这帮坏小子的圈套，这脸可就丢大了。我唰唰几下就把写满钦慕之词的匿名信撕个粉碎，手一扬，任它们蝴蝶般纷飞。我没想到，几天后，又一封"情书"塞进了我的书包，而且署上了大名：安然。我转回头看他时，他也正笑着朝我眨眼。我愤愤地想：想作弄我？没门！看你现在笑得欢，我到时让你哭。

一下课，我就把安然写给我的信交给老班，还说："真讨厌，接二连三地打扰我学习。"我知道老班一定会把他叫出教室狠狠地修理一顿，以前别的同学犯事时都是这样的。"早恋"是学校最忌讳的事，老师一向都管得严。在我美美地想着安然被老班批评的沮丧表情时，突然听到有同学大叫："不好啦！安然被校长带走了。"原来在老班批评安然时，他不服气地顶撞了几句，怒火中烧的老班刚好看见校长从楼上下来，就一下把事情捅开了。

严厉的校长一向把纪律抓得很严。在得知安然先写"情书"，后又顶撞老师后，决定抓一个典型。成绩并不好的安然被叫来了家长，并且勒令他自动退学，以净校风。

安然噙着泪回教室整理书包时，恨恨地瞪着我。看着他愤怒的表情、忧伤的眼睛，我一阵心悸。这不是我想要的结果，可我没有能力改变。望着他离开时的落寞背影，我心如虫噬，还有深深的懊悔。

男生在背后骂我，就连以前玩在一起的女生，也躲避臭虫般躲避我。在学校里，我孑然一身，再也不是当初那个骄傲、快乐的女生了。

三

我消沉了很多，整日里一声不哼。我把自己埋进书堆里，每天除了读书还是读书。我希望时间过得快一点儿，再快一点儿。我要离开这所学校，离开所有知道这件事的人，在一个陌生的环境里，我才可以从容一些。

怎能想到，在远离县城的市重点高中，我居然会再次遇见安然。他看见我时，也是一脸惊愕。对于安然，我始终是充满歉意的，无论当时他那两封"情书"是否想作弄我，但我差点儿就毁了他整个人生。我不知自己该如何面对，心里有自责，还有惶恐。

他来班上找我时，我正和一群女生欢快地说笑。看见他，我倒吸了一口凉气，手紧张地拽住衣襟。我害怕他会当众报复我当年的无知行为，让我出丑。他示意我出去，我忐忑地跟他走出教室。我知道，要面对的事怎么也逃不掉。

到了操场边的玉兰树下，他突然停下了，转过身对我说："沐沐，谢谢你！"我盯着他的眼睛，不解地说："谢我？不恨我吗？""为什么恨你？当时是我的错。"他说，明亮的眼睛睁得大大的。"你知道的，你被退学是因为我。""因祸得福吧，要不，我今天怎能在这儿？"他说，并且把他后来的经历告诉我。

在县一中被退学后，他的父亲曾三番五次回学校找校长求情，最后以转学结束事情。他家有个远房亲戚在市里一所中学当教师，安然就转学过去。那个亲戚对安然很好，不仅照顾他的生活起居，还常常给他讲有关人生的道理。安然在刚面对退学时是万念俱灰的，对周遭的一切都愤慨。但在新的环境里,老师和同学都对他很友善,慢慢地,他找到了自己努力的方向。他也曾经恨我,恨得咬牙切齿,但随着时间的流逝,那些恨也就变成了想念……

"恨如毒药,是件辛苦的事,而宽容如良药,洗涤我的心灵,让我快乐,这是这一年多来,我所学会的最重要的事。"安然平静地说。

望着面带微笑的安然,我心中充满了感激,眼中饱含热泪。安然的微笑那么温暖,像明媚的阳光融化了我心底的坚冰,他的宽容像春雨般滋润着我干涸的心田,让我充满自责和内疚的心灵荒漠,能够再次盛开出美丽而芬芳的花朵。

你不是坏孩子

罗礼胜

一

放学回家,我发觉后边又跟着个鬼鬼祟祟的男孩子。借着街边橱窗的玻璃,我看清了男孩的脸。又是他?我恼怒地想。他已经不是第一次跟踪我了,真不明白他想干吗。

我有自知之明,虽说长相还算清秀,但也绝不是那种会让男生跟踪的漂亮女生。那男孩长得挺帅,在学校里,应该是许多女孩儿喜欢的类型。他想认识我,直接到教室来找我就可以了,干吗玩跟踪?看他身上的校服,我知道我们同校。

拐过街角时,我躲了起来,待他走近后,冷不防在后面大叫:"喂!你是谁,干吗跟踪我?"男孩显然吓了一跳,他惶惶不安,脸涨红了,手一个劲儿地搓着裤子。"说话呀,裤子都被你搓烂了。"我说。"我……"男孩紧张得语无伦次。看他这个样子,我心里暗暗觉得好笑,却又禁不住有些小得意,被帅哥跟踪,可不是随便谁都能碰上的。

"我……我……我觉得你超像我妈。"男孩"我"了半天后,好不容易憋出了一句话,却差点儿把我气死。和女孩搭讪居然用上这样的借口,这不是明摆着嘲笑我长得老吗?我愤然地说:"谁像你妈啦?真是,我有那么老吗?"刚刚涌起的喜悦一扫而空。

"我说的是真的,没骗你!"男孩紧跟上来。我停住脚步,转过头来大声嚷:"我生不出你这么大的儿子,拜托!"真是无聊乏味的男孩,想搭讪也找个好听点儿的借口,虽说我不漂亮,他是帅哥,但也不能这样消遣我,打击我的自信。

男孩被我的气势镇住了,半晌反应不过来。那真是一双桃花眼,眼神清澈,再配上那副孩童般委屈的表情。我的心一下软了下来,说:"你跟踪我到底什么事?你知不知道跟踪人是违法的?我会报警的。"

刚好看到站台有公交车来,于是我赶紧挤上去,逃离这是非之地。

二

几天后,我又一次发现他在后边跟踪我。真是忍无可忍,上次为了躲开他,我慌乱地挤上一辆公交车,绕了一大圈才回到家,这次又来了。

碰上这样死缠烂打的帅哥,我知道躲是没用的。虽说被帅哥跟踪挺荣耀,但他的理由却让我恨之入骨。他怎么能说我像他妈妈呢?

我又一次把他逮住了,还没说话,却发现他的脸先红了。爱脸红的男生应该不会坏到哪去吧?可是他为什么老要跟踪我呢?难道我真像……我不敢再想下去,于是好脾气地问:"帅哥,请告诉我名字,为什么老跟踪我?你不解释清楚,我就真报警了。"

"别报!我是你学弟,我叫柳源。我知道你在初二,我在初一。一次偶然,我看见你了,真的,你真的像我妈妈……"说着,为了证实自己的话,他从书包里掏出一个钱包,又从钱包里取出一张相片递给我看。

接过相片,我瞟了一眼,相片上的女子眉眼间真的和我有几分相像。不会这么狗血吧,我和他难道是同父异母或同母异父的姐弟?可那些都是电视剧里的桥段，生活中哪有那样的事？在我思绪万千时，他告诉了我他的故事。

他说他刚来这个城市没多久，在这里没有朋友，很孤独。他母亲在几年前就因病去世了，父亲后来又结婚了。刚开始时，继母对他还算可以，但自从他们生了自己的儿子后，他在家里的地位就一落千丈。不要说继母，就连父亲对他也冷淡了很多……

真像电视剧里的情节，难道我就是那位即将登场、解救帅哥男主角的神一般的女主角吗？我戏谑地想，还准备调侃他几句时，却瞥见了他眼中闪烁的泪花，想说的话硬生生吞回了肚子里。我是个容易被感染的女生，最看不得别人痛苦了，于是轻声地问他："柳源，那你跟踪我是为了和我成为朋友吗？"

"每次看见你时，我就想起我妈妈，心里暖暖的。这是我妈妈年轻时的照片，她已经走了六年……"柳源说。

我愣住了，一时不知如何回答才好。我想安慰他，但怕自己说的话不妥当。一时间的静默，让彼此都陷入了尴尬。

"对不起！我太唐突了，我先走了。"我还没想好如何回答他，他却先提出要离开。

我的沉默让他误以为我在怀疑他。

望着他离开的背影，我愣了半晌，心里沉甸甸的，不知道自己是不是在无意中伤害了一个男孩的心。

三

心里藏着事，我变得烦躁不安，连夜里睡觉都梦到年幼的柳源在哭泣。午夜醒来时，我发现我的枕巾都湿了。一种直觉让我相信柳源的话，我挺后悔自己那一刻的迟疑。

在学校时，我刻意绕到初一的教学楼，我想找柳源，想先远远地看看他。可是，走遍了初一的18个班，我居然没看见他。难道柳源骗了我？他根本不在初一？难不成，他也在初二？于是我又绕到初二的教学楼，依然没有看见柳源。我心里有些泄气了，偌大一个校园，找起一个人来还真难。

过了一个星期，在我渐渐忘了柳源时，却又看见他了。那天课间操结束后，他居然在操场上和一个男生打架，两个人都挂了彩。柳源红着眼，像一只发怒的狼，完全没有在我面前时的那种腼腆。

围观的人很多，有人尖叫，有人起哄。他们很快就被制止了，还被老师叫去办公室。我对柳源很失望，在我急着找他时，他却以这样的方式让我再看见他。本来想好对他说的话，我觉得有些多余了。

关于柳源的消息以各种途径传到我耳朵，有同学说他根本就是一个坏孩子，成绩差，整天喜欢打游戏，还常常逃课；也有同学说，他小小年纪不学好，靠着自己长得帅一点儿就骗女孩的钱花……我的心虫噬般难受，柳源怎么会是这样的男孩呢？

一天放学，路过街角的网吧门口时，我看见了一个令我震惊的场景：一个中年男子正在打他，柳源的脸上有明显的指痕。那男子一边打柳源一边嚷："我打死你这兔崽子，我让你天天去网吧，不学好……"柳源倔强地抿嘴，一句话也没争辩。当中年男子再次打了柳源一耳光时，有路人走过去拉开了他们。

我远远看着，心里像是被什么东西塞得满满的，痛得难以呼吸。中年男子在路人的劝解下，暂时停止了暴力，但依旧在不解气地嚷叫着。听了一阵，我听明白了，原来是柳源又一次逃课去网吧，老师打电话给家长，他父亲就到处找他，在这家网吧里把柳源逮住了。

原来所有关于柳源的传言都是真的，他是一个坏孩子。但我又极力不想去相信这一切，柳源的眼神骗不了我，我相信自己对他的直觉，他一定有苦衷。

我回过神，把目光转向柳源时，他正好转过脸，他的眼中冒着一团怒火，但他在隐忍。

"柳源！"我轻声叫他。

柳源抬起头，他瞟了我一眼，脸涨得通红，然后奋力挣脱他父亲的手，飞快地跑远了。我急着追上去,但他的身影很快就从我的视线里消失了。

四

我急切地想要见到柳源,我想告诉他,我很在乎他这个朋友。可是接连几天,我都没在学校找到他。

中午放学后,我一家家的网吧找过去,终天在离学校很远的一家网吧里找到了正沉迷于网络游戏的柳源。昏暗的光线里,柳源的身影那么孤单。

我能够理解柳源心里的伤痛,毕竟我们都是单纯的孩子,我们渴望爱,渴望温暖。

我已经了解柳源和同学打架的原因,是那个学生先诋毁柳源,并撕烂了他妈妈的照片。那张照片是柳源的珍爱,柳源怎能不愤怒?在这陌生的城市,柳源没有朋友,内心的伤痛无处倾诉。面对老师的误会、同学的嘲笑、父亲不问青红皂白的打骂,他只能逃避。可是柳源不该这样沉沦下去。

我把他叫出了网吧。望着一脸疲倦的柳源,我的心隐隐作痛,我问他为什么要这样作贱自己。

"我就是一个坏孩子,你离我远点儿吧。"他垂头丧气地说,目光躲闪。

"看着我,柳源。"我把他拉到跟前,盯着他的眼睛,很认真地说,"你从来都不是一无是处的坏孩子,我喜欢你这个朋友。"

柳源垂下头,没吭声。

"你不喜欢我这个朋友吗?很庆幸,我和你妈妈长得有几分像,要不,你当我弟弟吧?"我说,我希望我的热情能够感染他。

柳源依旧没吭声。

"再不说话我就走了。"

我才挪开一步,柳源就急急地跟过来,大声问:"你说的都是真的吗?我愿意!"

晌午灿烂的阳光下,我看见柳源濡湿的眼眶中,有波动的泪花在闪烁。

你像光一样照亮我的世界

罗礼胜

落落寡合的尖子生

何子萱是班上最活跃的女生。她热情开朗,爱说爱笑,当然她的成绩很好,再加上长相清新甜美,浑身散发着阳光一般让人难以抗拒的天然魅力。

女生们喜欢她,唯她是从;男生更是亦步亦趋,整天有一空就围在她身边。和活跃的何子萱相比,杨一昕的低调就显得落落寡合。杨一昕应该是班上唯一不喜欢何子萱的人吧,他觉得何子萱太过张扬了,作为一个女生,一点儿不含蓄、不淑女、不矜持,整天呼朋引伴,笑得眉飞色舞,实在是有失体统。

何子萱知道杨一昕不喜欢她,甚至很讨厌她,但她却欣赏这个学习上与自己并驾齐驱的对手。她一直觉得杨一昕有点儿可怜,总是一个人来来去去,身边连个要好的同学都没有。有几次,她和同学玩耍时,都想邀约杨一昕参与,但一看到他冷淡的表情,就莫名地退缩了。也不知道怎么回事,她有点儿怕杨一昕，特别是他的眼神。

何子萱从其他同学那里听说，杨一昕的妈妈在几年前抛下他们父子跟人跑了，后来他的父亲又犯了什么事被抓去坐牢，这几年，他一直和他的奶奶相依为命……听到杨一昕的经历后，何子萱心里满是酸楚，她有点儿理解杨一昕了，但又不能完全理解。

善解人意的她

去市里参加数学竞赛的名单公布后，何子萱开心极了。她高兴的不仅仅是能够代表学校到市里参赛，更因为杨一昕也会去。

坐车去市里时，何子萱装作不经意地坐在了杨一昕身边。其他几个人见面时都在热情地打招呼，唯有杨一昕孤单地坐在角落里，一句话也没有。何子萱主动说："你好，一昕！"杨一昕抬起头看了她一眼，难得发出一声"嗯"，然后再没有其他话了。

行车路上，别人都在兴奋地窃窃私语，只有杨一昕缩在角落里，显得很不舒服的样子。"你是不是晕车了？"何子萱见杨一昕萎靡不振，关切地问。不打扰他还好，这一问，杨一昕突然再也忍不住呕吐起来。事发突然，躲闪不及的何子萱被污物溅得满鞋面都是。

大家纷纷捂着鼻子躲开。何子萱也受不了异味，正想躲时，却一眼瞥见杨一昕脸色苍白，于是本能地停下来，从包里掏出纸巾递给他，紧接着又递瓶水给他："漱漱口吧。"

杨一昕接过水，感激地看了何子萱一眼。

何子萱很想帮帮他，但不知自己能做什么。她看到杨一昕漱过口后闭上眼睛休息，于是就挪到旁边的空位，但时不时地就会把目光转过来，关切地看一看他。

到了市区下车后，同行的老师、同学又要打车到指定的招待所。杨一昕一脸不舒服，他害怕坐车，受不了汽油味，但不知怎么开口。

何子萱瞥见杨一昕一脸痛苦，说："老师，刚下车，我想先走走，那个地方我知道,一会儿与你们会合。"杨一昕也赶紧提出先走走,他很感激何子萱的善解人意。

用秘密交换秘密

竞赛前一晚,大家都成群结队去逛街购物,唯有杨一昕留在招待所。已经走出招待所大门的何子萱看见杨一昕没有出来,于是找了个借口匆匆返回。

进到杨一昕的房间,他正仰躺在床上。

"一昕,你状态如何?感觉舒服些了吗?"何子萱问。

"睡了一觉,感觉好些了。"

"你能陪我到楼下走走吗?"

面对何子萱的邀约,杨一昕找不到拒绝的理由,虽然以前一直不大喜欢这个高调张扬的女生,但她对自己的善意,他是懂的。

走在招待所后面幽静的园子里,闻着泥土和花草的淡淡馨香,何子萱觉得惬意极了。月色正好,树影婆娑,凉爽的夜风拂起她飘逸的长发。

两个人默默走了一阵,还是何子萱打破了沉默,她说:"一昕,感觉你平时好像不大爱说话呀?"杨一昕的脸微微涨红,他轻声说:"嗯,我性格比较内向吧。""其实你完全不必紧闭心扉……"

何子萱的真诚杨一昕是能感受到的,在这如水的月光下,在何子萱的鼓励声中,他终于敞开了心扉。

"你很幸福,你不会知道被自己的妈妈抛弃是什么滋味……"说起往事,杨一昕的声音低沉了下来。这是他不想对人言说的痛楚,但不知怎的,他愿意向何子萱倾诉。

"其实我一出生就被自己的父母抛弃了,现在的父母是我的养父母,但他们真的很爱我,我也很爱他们,幸或不幸就看我们自己怎么想……"

听到何子萱的秘密时,杨一昕愣了一下,他怎么也没想到,快乐的何子萱居然有这样离奇而不幸的身世,但她一直快乐地生活,用自己的快乐感染身边的人。

我最尊重的对手

比赛回来后,何子萱和杨一昕的关系变得微妙起来。热情的何子萱常常主动邀约杨一昕参加学校的社团活动,把形单影只的杨一昕拉出了孤单的境地。

杨一昕刚开始很不适应,他不喜欢被关注,不喜欢人多热闹的场景,但渐渐地,他也感受到同学们对他的真诚和热情,一切都不像他自己想的那样。他也体会到何子萱对他说的,抱着恨的心态看身边的人自己也不会快乐,只有敞开心扉面对这个世界,才能真正感受到人与人之间的脉脉温情。

杨一昕希望自己能够像何子萱一样热情地生活,毕竟人生的路要自己走,谁也无法代替。在何子萱的带动下,沉默内敛的杨一昕主动融入集体,虽然有时还会羞涩,但他已经勇敢地迈出去了。

"子萱,你是不是很喜欢杨一昕呀?你对他那么好。"一天,同桌悄声问她。

何子萱大方地笑着回答:"是呀,杨一昕那么优秀,我当然喜欢了,他可是我最最尊重的对手。"

刚巧经过的杨一昕听到何子萱的话后,脸倏地涨得通红,有些怪她那么不含蓄,但心里却是甜蜜的,他知道她是说笑的,但那份友谊他能感受到。

在杨一昕心里,何子萱就像一道璀璨的光,她对他的好,她的善解人意,她用秘密交换秘密,让他把郁积在心中许久的苦恼说出来时,她已经像光一样照亮了他的世界。

fly

我的花期终会来

　　我和如玉都是成长中的女孩，我们喜欢漂亮，喜欢被男生关注，当然我们也喜欢关注男生，但我们都知道要注意分寸。我迟迟到来的花期，并没有影响我成长为一个受人欢迎的漂亮女生。

我的花期迟迟来

魏樱樱

一

14岁的时候,我还是个身体单薄、个头不高的女孩,和同龄女生日渐凸显女性特征的身体相比,我总感觉自己像根"麦秆儿"。

班上嘴毒的男生直接叫我"搓衣板",气得我追着他们满校园跑。留着短发,喜欢和男生一块儿玩,穿着宽大校服的我,往往会被别人当成男生。在过去,我根本不在乎,像男生就像男生,有什么呢?可是,当我注意到其他女生都变得和过去不一样时,我开始羡慕了,也开始不喜欢像"假小子"似的自己。

班上的男生原先都挺喜欢和我玩,和我称兄道弟,可是后来,我发现他们看那些变得愈加漂亮起来的女生时,那眼神和看我时完全不一样,我就觉得不是滋味。更过分的是,他们后来干脆忽略我,评选班花时,连提都不提我。怎么说,我也长得眉清目秀,比很多他们眼中的班花好看,可是没有一个人推荐我。我毛遂自荐时,同桌吕明还对我说:"雨欣,你就算了,长得也不像女的,我们只当你是好兄弟。"我小小的自尊心被打击得七零八落。

我变得沉默了,也没什么不开心的事,就是郁闷,不想说话。我渐渐和那群男生断绝来往——太令人气愤了,居然忘了我也是一个女生,需要别人赞美的,可是他们除了嘲笑我,就只会惹我生气。特别是同桌吕明,竟然敢说我"长得也不像女的",这是什么话?

吕明再找我说话,我眼睛一翻,看都不看他一眼。这家伙,还想伸手像过去一样拍拍我的肩膀,我往后一缩,一本正经地说:"男女授受不亲,请自重。"看他一脸羞赧,我就觉得无比畅快。

二

我怎么就没变化呢?体育课上,看着那群女生骄傲地脱掉外套,昂首挺胸站在队伍中时,我就特别自卑。我偷偷地打量众男生评选出来的班花如玉,只见她面色红润,身材婀娜,丝缎般的黑发柔顺飘逸,举手投足间充满了万种风情,不要说男生,连我都看呆了。

如玉跑步时真是婀娜多姿,惹得一群男生目不转睛地盯着看。我低头看了眼自己毫无动静的前胸,心烦意乱地大叫:"看什么看?没见过美女呀?"一群男生"嘘"声一片,大笑着跑开。

我想哭,太烦恼了,我怎么就不像别的女生一样呢?思前想后,我决定向如玉取取经,长成她那样多好,走路都雄赳赳气昂昂的,一副目不斜视的样子。

在以前,我可是不会主动与如玉搭话的,因为我觉得她是个矫揉造作的女生,成绩也一般,哪像我,性格干脆利落,说话掷地有声,行动风风火火,成绩也遥遥领先。可是,我现在有求于如玉,于是放下身段,诚心诚意与她交朋友。

我的主动示好让如玉很意外,她欣喜地对我说:"雨欣,你真的愿意和我做朋友?"

"我们都是女生，当然要对女同胞好一点儿，那群男生就算了，没一个有良心的。"我愤愤地说，最后还是忍住，没说出我痛恨他们的原因。

　　为了表示我的诚意，我还向老班申请调整位置，调到和如玉同桌。如玉是个很爱美的女生，对穿衣打扮、涂脂抹粉有种天然的本事，她的眼光很好，经过她的一番调教，我对服装、小饰品也由衷地喜欢上了，并且有一番自己的见解。

　　我学着如玉养长头发，学着她的一颦一笑。我不再大声说话，不再咧嘴大笑，不再与男生追逐打闹。一段时间后，我感觉自己越来越像个女生了。

　　可是吕明竟然逗我："雨欣，你男扮女装呀？你这东施效颦的效果怎么这么别扭呢？我还是觉得你原来的样子舒服一些。"

　　我涨红脸，恼怒地嚷："滚一边去，本小姐今天心情不好。"

　　这可恶的家伙，居然说我"男扮女装"，还说我"东施效颦"，什么意思嘛，我明明就是一个柔弱的美少女。为此事，我一个月没再搭理吕明。

三

　　学习上的事，我从来不敢掉以轻心，我可不想变漂亮后却被大家说成"花瓶"，我的目标是成为"智慧与美貌并存的女生"，这样的女生比比皆是，我的榜样很多。

　　我的改变让老爸欣喜若狂，他激动地说："女儿，你越来越像你妈妈了，真好！"

　　我们家目前就三个人，爷爷，爸爸还有我，奶奶和妈妈都因病走了。我又没有姑姑、姨姨，所以从小到大，我都是一副男孩子的样子，爸爸觉得这样好打理，但当我长大后，爸爸又觉得我该像个女生。

　　日子有条不紊地过着，我和如玉成了形影不离的好朋友，我教她解难题，教她学习方法，在我的帮助下，她的成绩稳步上升。

　　如玉对我的影响也是深远的，她教会了我很多女生应该知道的事，教会我把自己最美的一面展现出来。我们有了新的共识：女生不仅要长得漂亮，成绩也要漂亮。

我们把这一共识在女生中推广，得到一致拥护。我们除了时常相邀着去逛小饰品商店外，更多的时间是在一起学习。我们的变化得到老班的大力表扬，就连那群男生也开始用敬佩的目光看我们。

有一天洗澡时，我突然注意到自己的身体变得和过去不一样了，心里充溢着骄傲。我也是可以和别的女生一样的，一点儿不差。我美美地穿上漂亮的长裙，在镜子前照了一遍又一遍。镜子中是一个长发飘飘、容颜俏丽的女生。

吕明开始一次次来向我示好，我根本不想搭理他，虽然我已经原谅他之前对我的伤害，但我不想和过去一样被他当成"男生"。

"雨欣，你知道吗？你现在的样子很美。"如玉微笑地对我说。

我臭美地点点头，应道："我知道，其实我以前也很美，只是花期来得迟而已。"

四

我也被众男生评选为"班花"，和如玉并列，可我突然觉得那些男生好无聊。虽然我们女生也在暗中评选"班草"，但从来不公开，毕竟是女生嘛，矜持是种美。

"雨欣，你是不是还在生我的气？这么久了，一直不理我。"有一天，当吕明再一次拦住我问我时，我呆了一下，然后嫣然一笑，说："你猜呢？"

"一定是。你以前从不生气的。"吕明说得一脸委屈。

"逗你玩的，傻瓜！"我看吕明有些忧伤的眼神，大笑起来。

"你逗我？"吕明说着，急了，想来抓我。

"慢！"我伸手挡在吕明面前，正经地说："男女授受不亲，我们不能再像过去一样拉拉扯扯了，成何体统？"

吕明红着脸挠挠脑袋说："对不起！我习惯把你当成好兄弟了。"

"拜托！你不要再打着'好兄弟'的幌子来接近我，我可什么都明白着呢，这是如玉告诉我的，我现在可是美少女一枚。"

我的一番话再次把吕明说得面红耳赤。

如玉见我和吕明聊得热闹，凑过来说："聊什么机密呢？这么诡异。"然后一眼看见吕明涨红的脸，不怀好意地笑了起来。

看见如玉意味深长的笑，我的脸也红了，推了下如玉的肩说："你笑什么呢？这么阴险，我们可正经着呢！是好朋友，以前是，以后也是。"

"不用解释，解释就是掩饰。"如玉坏坏地嚷。

我扑过去，捂住她的嘴："不准笑。"

如玉却更是笑得花枝乱颤，我只好搂着她，跟着开怀大笑起来。

站在边上的吕明不知我们为何而笑，却也跟着傻呵呵地笑起来，更是逗得我和如玉一直笑个不停。

我和如玉都是成长中的女孩，我们喜欢漂亮，喜欢被男生关注，当然我们也喜欢关注男生，但我们都知道要注意分寸。我迟迟到来的花期，并没有影响我成长为一个受人欢迎的漂亮女生。

人人都爱白慧美

杜文华

一

白慧美一直很不喜欢自己的名字,她有自知之明。不用照镜子她就知道自己长得黑,因为连老妈都亲昵地叫她"黑妹",她能白到哪儿去呢?老妈原来还说:"我就奇了怪了,我皮肤挺白的,怎么会生出你这么个黑皮肤的孩子来?还好你长得像你爸,要不,我还以为自己抱错了。"

虽是玩笑话,但白慧美从小就记住了自己长得黑,却偏偏姓白,让她每次在介绍自己名字时,都要被嘲弄一番。最最重要的是,白慧美还长得不美,说"难看"严重了点儿,但她的长相确实跟美毫无关系。也只有"慧"贴合她,她是个冰雪聪明的女孩,优异的成绩让她保持了一丁点儿的自信。

白慧美曾在日记中写道:"我知道我不美,也不白,还好老天眷顾,让我成为一个还算聪慧的女孩,要不,我都没勇气存活在人世间了。既然老天把智慧赠予了我,我就要好好运用起来,原本优点就不多,可不能轻易浪费了。"

白慧美是这样想的，也是这样做的，她的成绩是年级里最好的，长期独占鳌头。因为知道自己长得不美，白慧美很低调，与人交往时，都保持着一定的距离。她不喜欢形影不离的关系，不喜欢呼朋唤友，她总是安静地独处，温和地面对周围的同学，从不与人发生争执。

二

"她像一朵遗世独立的雪莲花，盛开在一隅，独自芬芳……"

白慧美怎么都没有想到，班上那个目空一切，还有些狂妄自大的"诗人"曾浩会在写考试作文《为_____点赞》时，写了一篇《为白慧美点赞》的作文，他把她形容成"遗世独立的雪莲花"，洋洋洒洒六百多字，把她刻画成了一个人见人爱、花见花开的女孩。

这是我吗？白慧美听着老师朗读作文，脸通红，还迷惑了。她从来不曾想过，自己居然有这么多优点，就连她为了自我保护而刻意的低调都被美化了。她转头偷偷往后瞟了眼曾浩，刚好曾浩也把目光转过来，她嗖一下收回目光，心跳如雷，连耳根都红了。

"她的皮肤虽然不白皙，五官也不够秀美，但她有优雅的气质、端庄的仪态……谁又能说她不美呢？美，不仅仅只是漂亮的容颜，还有积极向上的生活态度、温和待人的处世之道……我为白慧美点赞。"

当老师读完最后一个字时，教室里顿时响起了热烈的掌声。白慧美惶然不安，她趴在桌子上，埋着头，脸上热辣辣的，她想如果此刻能够钻进地洞里那该多好。可是老师偏偏在这时叫了她："你觉得曾浩的作文写得怎么样？"

"写得……写得很好，可是……可是我没这么好，是他虚构的人物，只是同名了。"白慧美艰难地支支吾吾。她是第一次被人这么夸，还是一个有些狂妄的男生，她不知该如何是好。

"我也觉得曾浩同学写得很好，当然，在老师眼中，你确实就如他写的一样好。"

老师的话让白慧美不安的心稍稍安定下来，可是脸上依旧红霞飞，像抹了胭脂。

三

放学后，白慧美等其他人都走光了，才慢腾腾地背起书包离开教室。她还没想好如何面对班上的同学，心里悸动不已。她不安、矛盾、害羞，又莫名地有些兴奋。

走出校门时，她一眼瞥见等在路边的曾浩。她想躲，但来不及了，曾浩边向她走来边说："怎么？白慧美，你要躲我呀？"白慧美红着脸说："哪有。"

曾浩走在边上，白慧美的心没来由地狂跳起来，她嗫嚅着："谢谢你把我写得那么好！""你原本就那样好呀，老师都说了。"曾浩搬出老师，白慧美就不再争辩了。

白慧美习惯性地低下头，她在想，曾浩到底会跟自己说些什么呢？在她思绪飞扬时，曾浩说："白慧美，你是我最欣赏的女生你知道吗？我就喜欢你安安静静的，不像其他女生那样整天叽叽喳喳。"

"每个人的性格不同，我这样也不好。"白慧美说。其实她很想告诉曾浩，她不爱说话，与人刻意保持距离，只是因为不想受到伤害，她知道自己长得黑，长得不美，不想被同学排斥，就主动把自己隔离开来，毕竟人与人之间不太亲近时可以保持必要的"客气"。但最后，白慧美犹豫片刻，还是什么都没有说出来。

她觉得曾浩不会理解的，毕竟他长得好看，成绩也好，还会写诗，他有目空一切的资本，而自己除了用功读书，什么都没有。她也不想亲口破坏了曾浩眼中自己美好的形象。

"不会不好，我就喜欢你这种性格，安之若素。"曾浩说。

人都喜欢被人夸吧，白慧美听了曾浩的话，小小的虚荣心得到了大大的满足。

四

  白慧美并不知道,其实大家都很喜欢她。虽然她不漂亮,还长得黑,可是那有什么呢?每个女孩都有自己的缺憾,谁都不完美。安静的白慧美总是云淡风轻,她所表现出来的从容让人欣赏,就像曾浩在作文里写的一样,她有优雅的气质。

  可是大家又不敢靠近她,因为她太优秀了,她总考年级第一名,她总是默不作声,大家以为她是高高在上,担心主动靠近会让她厌恶。当白慧美从一个女同学那里知道这一切时,她松了口气:"原来大家喜欢我呀!我太顾影自怜了,以后我要做真实的自己。"她把自己的心事说给那个女生听,女生听后,主动拉起她的手说:"我们误会你了,还以为你是高傲,所以不敢靠近你。"

  卸下心灵的铠甲,白慧美不再设防,她真诚地面对每一个人,不再主动把自己隔离开来。她依旧不漂亮,但有什么关系呢?她没必要为此自卑,而真诚待人才是最重要的。白慧美知道自己没有曾浩写得那么优秀,但她在心里为自己设定了目标,她要努力成为曾浩作文里写的那样,热情积极地生活,真实真诚地待人,做一个举止优雅的女生。

  班级晚会时,从不表演节目的白慧美第一次主动参与,她不仅帮忙布置教室,还从家里带来小提琴,上台为大家拉了曲《梁祝》。荧亮的灯光下,一袭棉布长裙的白慧美长发飘逸,从容而优雅地站在教室中央。大家屏息望着她,仿佛看见了曾浩在作文中写的"白莲花"。

  琴声悠扬,如水般缓缓浸润开来。学了八年的小提琴,白慧美是第一次公开表演。虽然观众不多,只有全班的同学,但对于她来说,已经足够了,这是一个全新的开始。以前,她虽然认真学琴,但拒绝所有的上台机会。她没有勇气当众表演,不想成为众人眼中的焦点。

五

  白慧美在教室里还是很安静，但这种安静和过去的安静迥然不同，别人看不出来，但她自己心里懂。以前的从容、温和都是伪装的，是她保护自己的方式，她不想被伤害。她总是小心翼翼不与人发生冲突、争执，这样就不会被攻击。

  以前，她紧紧包裹着自己，活在自己的世界里，害怕被人窥见内心的惶恐和不安，害怕别人嘲笑她的长相。她努力读书，用第一名的好成绩为自己赢得一丁点儿的自信。那样的惴惴不安，别人不会懂。

  曾浩在作文中所写的一切，让她找到了久违的自信，原来除了长相，美还有那么丰富的内涵，她有什么必要耿耿于怀自己的容貌和黑皮肤呢？无法改变的何必患得患失，何不在一些自己可以把握的方面做得更好一些呢？

  安之若素，曾浩曾这样夸过她，这也是她最欣赏、最想拥有的品格。她决定就朝着这个目标走，做一个落落大方、真诚善良的安静"学霸"。

  白慧美终于知道了，虽然不美，但她依旧可以通过自己的努力，成为一个人人喜欢的安静女生。

苏玲的青葱岁月

太子光

一

苏玲是一个16岁的漂亮女生。她单看长相挺文静的,然而,这个漂亮女生却藏着一颗叛逆的心,她不仅喜欢穿奇装异服,喜欢梳怪异的发型,性格也强势,像只凶猛的小兽。

这样的苏玲在班上没有朋友,虽然她很漂亮,但谁也吃不消她说翻脸就翻脸的脾气。

苏玲曾经也是个人见人爱的小姑娘,然而自从她11岁时父母离婚后,她便在叛逆的路上越走越远。她不相信身边的人,因为最信赖的父亲离开了她,又组建了新家庭。

倔强的苏玲努力不让自己流泪。母亲意外去世后,她拒绝了父亲,独自一人生活。那些艰辛的日子,那些孤独的寒夜,磨炼了她的意志。

苏玲知道唯有让自己强大起来,才不会被欺负。13岁时,她曾和取笑她的男生打架,气势汹汹地拎着扫帚追着对方满教室跑。同学们都知道她的厉害，大家在背后叫她"霸王花"。

没人约束的生活让苏玲愈发我行我素，个性愈加张扬。

二

谁也想不到"霸王花"也会有心慌意乱的时候。

那是苏玲第一次见到肖宇。那天他们不约而同地穿着同一牌子、同一款式的白色运动装在走廊相遇。苏玲很惊讶，学校里居然还有长得这般帅气的男生。

之后，苏玲了解到，跟他相遇的男生叫肖宇，不仅人长得高大帅气，而且学习成绩很好。最重要的是，他也是单亲家庭长大的孩子。

苏玲感觉她和肖宇有缘分，不然他们怎么会撞衫，成长情况又那么相似？为了这样的缘分，她渐渐放弃了那些奇奇怪怪的着装，开始当淑女。

苏玲想，肖宇是个好学生，她不能让自己与他的距离太遥远。于是她努力改变自己，不再咄咄逼人，也开始努力学习。

苏玲的变化让同学感到惊讶，老师们却称赞她的改变。

苏玲的成绩稳步提高，她感觉自己离肖宇的距离越来越近。她开始想着怎样去和肖宇结识，让他知道自己，或愿意跟自己做朋友。

思来想去，苏玲决定给肖宇写一封信。

三

下午去上课时，苏玲才进校门，就看见公示栏前围着一大堆学生，在大声说笑。

苏玲并没在意，但从公示栏前走过的时候，她忽然听到一个男生高声宣读："我愿意为你绽放，只希望能跟你成为朋友……"

苏玲顿时傻了，仿佛晴天霹雳，眼中的泪猝不及防地滑落。这是她写给肖宇的信的内容！苏玲远远地站着，默默流泪。喧闹的人群里，她分明看见自己的青春心事犹如片片飘零的花瓣，撒落一地，任人践踏。

回到教室，仍然是讥讽的话、诧异的目光。苏玲趴在桌子上低声抽泣，她不明白，肖宇为什么要把她的信张贴在公示栏里。

就这样到了放学时，苏玲跑出教室，独自到了教学楼的天台。

苏玲经常来天台。每当她跟同学闹矛盾后，感到孤单无助时，她都会在天台的角落蜷缩着蹲下，仿佛这样就能把自己保护起来。

"苏玲，你怎么啦？"

听到有人叫她，苏玲抬起头，睁开婆娑泪眼，是班长杨子。她恼怒地说："走开！你为什么跟着我？也是想嘲笑我吗？"苏玲很不愿意被杨子看见她哭泣的样子。在他面前，她一直是只凶猛的小兽。

"我没跟着你，我是来天台看会儿书的。"杨子说。

"那你走远点儿，别烦我。"苏玲愤愤地说。

看到苏玲愤怒的样子，杨子走开了。

四周静默，夜幕在不经意间垂了下来，眼前的城市流光溢彩。过了很久，苏玲以为杨子已经走了，但一回头，杨子仍然站在身后不远处。

"你怎么还在这儿？"苏玲不满地问。

"你不也在吗？"杨子脸上带着浅浅的笑。

虽然杨子的笑容很阳光，但苏玲还是沉默不语，往前站到了栏杆旁，望着头顶上幽蓝的天空愣神。看到苏玲的举动，杨子也走过来，站到栏杆前，陪在旁边不吭声。

两人就这样倚栏站了许久，苏玲忽然感觉心里平静了许多，或许是杨子的陪伴让她感到不再孤单。然而，倔强的苏玲仍然说："你不走，我走。"接着，她跑下楼去，径直出了校门。

看着苏玲的背影，杨子若有所思。

四

第二天上学，杨子才了解到苏玲为什么在天台哭泣。知道事情缘由后的他二话没说，就跑到楼上肖宇的班级跟他打了一架。

杨子跟肖宇打架的轰动程度丝毫不亚于苏玲的信被公开这件事。苏玲又一次被流言蜚语淹没，就连老师也过来找她谈话，批评她让两个优秀的男生打起来了。

老师把杨子跟肖宇打架的事都怪到了苏玲身上，苏玲当然不承认，跟老师起了争执后，苏玲丢下一句"随你怎么想"，气得老师直说要把苏玲爸爸叫过来。

老师的不信任，同学的不理解，肖宇的伤害，让苏玲备感无助。老师要她回去请家长，苏玲却萌生了辍学的念头。她不愿意被班上的同学知道她有一个破碎的家。

苏玲真的没去学校，她旷了两天的课，把自己关在家里。

窗外阴霾的天空一如苏玲惨淡的心情，连一丝阳光也看不见。

到了第二天傍晚时分，苏玲才听到有人敲门。打开门，门口站着的是杨子，她愣了。

"苏玲，对不起，是我不对。"杨子轻声道歉。

苏玲心里也知道杨子是为她好，但倔强的她就是忍不住说："早说过让你不要管我的事，你偏管。"

杨子并不计较她的态度，而是说："肖宇他也知道自己错了。"

杨子刚刚说完，肖宇就从他身后走出来，苏玲一时不知所措。

"对不起！"肖宇说。

原来肖宇跟杨子之前是朋友，虽然两人打架了，但肖宇还是意识到了自己的错误，知道苏玲旷课后，便跟着杨子一起来苏玲家道歉。

苏玲虽然倔强，但并不小气，两个男生都来她家道歉了，她也觉得再生气就说不过去了，便接受了他们的道歉。

五

不打不相识，这件事情之后，苏玲跟肖宇、杨子都成了好朋友，他们开始一起出入校园。

　　杨子和肖宇打球的时候，苏玲会在一旁给他们加油、送水。苏玲晚自习后回家，两个男生也会轮流替她保驾护航。

　　苏玲那曾经倔强而冰冷的心也开始渐渐融化了。她感觉自己曾经阴郁的生活现在已经充满了阳光。她也不再觉得孤独，跟同学们的关系也渐渐好了起来。

　　杨子很乐于看到苏玲的这些变化，正是最好的青春时光，为什么不开开心心地过呢？他很乐意把快乐带给苏玲。

　　周末的时候，他们三个人一起去爬山。躺在山顶的草坪上，望着湛蓝的天空和飘浮的云朵，苏玲觉得从蜷缩的小角落走出来的感觉是那么美好。或许，只有将自己的心完全敞开，用心与人交往，才能够得到友情，也才能够得到真正的安全感吧！

　　苏玲忽然觉得，是不是自己对爸爸的态度太苛刻了呢？想到爸爸经常给自己打电话，希望能改善和自己的关系，也许，放下以前的不快，自己能够得到的会更多吧！把手握紧，里面什么都没有，而把手张开，你握着的将是全世界。

　　"苏玲，快过来看！"杨子和肖宇的声音从远处传来。

　　苏玲坐起身，看到他们正站在前方一个山头上向自己招手。她跟着爬上山顶，顺着两个男生指的方向望去，美丽的城市仿佛就在自己脚下。

　　站在山巅，看着这美丽的城市，又看了看身旁的两个大男生，苏玲脸上露出了笑容，心想：真的要谢谢他们，让我有了这样美丽的青葱岁月！

15岁不寂寞

太子光

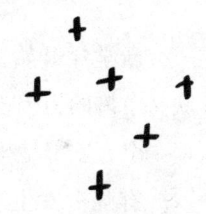

一

15岁了,我依旧是个矮矮胖胖的女生。每次照镜子,我都有把镜子砸碎的冲动。但想想,就算把镜子砸碎了,我就能瘦一点儿吗?心情顿时颓丧到极点。

读初一时,有个男生嘲笑我:"你长那么胖,还那么黑,真是丑爆了!"在众人的哄笑中,我无地自容,恨不得挖个地洞钻进去,再也不要出来丢人现眼。我痛恨那样"当众打脸"的玩笑,但我又不能生气,还得假装大度地不去理睬,但眼中的泪却止不住地涌了出来。

我一直都是被嘲笑、戏弄的主角,后来可能是大家觉得我从不反驳,只会流泪,逗我也没意思,慢慢地,就没人再作弄我。同时,我也就渐渐被所有人忽视了。不过,我很感激那段被人忽视的日子,终于安静了,我可以像个隐形人一样自由自在地独来独往。

我的世界里只有漫画和课本。我不是学霸,也不是学渣,中等的成绩,有时连老师都记不住不爱说话、更不会举手的我。虽然我很努力，但成绩一直没有什么起色。写作业累了，我就翻翻漫画书，让自己有片刻的轻松。无聊的闲暇时光里，没有闺蜜邀我逛街，我也不喜欢看电视、玩游戏，唯有随心所欲地画自己喜欢的漫画打发时间。

床底下塞着我收藏的满满两大纸箱漫画书，还有一大摞我画的漫画作品。很感激我的父母，他们从来没有干涉过我的生活，无论我是写作业、看漫画书，或者画漫画，他们都不会过问。我生活在自己的世界里，没有朋友，独自欢喜或忧伤。

二

新学年开始，我的后桌来了个陌生的面孔。那是一个长相很清秀、皮肤又白皙的男生，很瘦，似乎一阵狂风就能把他吹走。可能是初来乍到吧，他一个人安静地坐在角落，眼睛看着窗外。

有几个女生主动去找他说话，但他似乎不那么愿意搭理，问一句，答一句，几次后那些热情似火的女生也打起了退堂鼓，再不去招惹他。他叫简单，听同桌杨娟说他是从其他城市转学过来的。

同桌杨娟是个对任何事情都兴致盎然的女孩，很活泼。我们刚坐在一起时，她总在放学后拉着我跟她一起去逛街。她相中一件衣服就指给我看，问我意见。我总是说很好，她就有点儿烦了。其实我也想多给她提一些意见的，但说不出来。长相还不错、身材又好的她，其实穿什么都漂亮，不像我，什么衣服套在身上都难看，连累了衣服。

路上，杨娟热情洋溢地跟我聊起最近当红的偶像明星，这个"小鲜肉"，那个"老腊肉"的，我一个也不认识。见我一脸茫然的样子，她质疑地问："你平时都不上网吗？也不看电视？你连吴亦凡、张艺兴都不认识？"我摇头时，脸倏地涨得通红。我是太落伍了吧，但我确实没兴趣去关注那些与我毫不相干的偶像明星，就算他们再帅也跟我没关系，毕竟我长这么丑，连班上的男生都懒得看我一眼，那些远在天边的明星，我去关注他们干吗呢？还不如看看漫画书有趣一些。

我知道杨娟是好意，她想让我融入她的圈子。每天一下课，总有一群女生围在杨娟身边，她们讨论最新流行的服装品牌、穿衣打扮的心得，还有就是近期暴红的明星。我也曾试着上网看一些新闻、娱乐报道，但我总是记不住那些相似的脸，都很帅，可是我分不清他们谁是谁，后来就放弃了。

慢慢地，杨娟就没再勉强我。我们同桌，却很少说话，她每天呼朋引伴从不寂寞，我也正好落个清静。

杨娟也对后桌的简单热情过一段时间，但面对简单的无动于衷，她也没辙。但我曾听到她对她的那群小伙伴说："坐在那个角落，我真是烦透了，连个说话的人都没有。"想想她曾对我的热情，我觉得很对不起她。

三

简单每天一个人来来去去，他从不主动说话，别人问一句，他才答一句。几个男生看他个子高，邀他一起去打球，他拒绝了；跟他聊游戏，他也没兴趣。那些男生悻悻离开时，愤然地说："怎么跟那胖子一样呀，毫无乐趣，真是两大奇葩。"

我是安静的胖子，简单是安静的美男子，这是杨娟说的。她还说，虽然都是安静地待着，但性质却迥然不同。

考试后，大家才惊觉，安静的简单才是真正的学霸，数理化全都满分的他，一时间成了学校的焦点人物。大家都在夸奖他时，我却看到了他的不安和烦躁，或许被人关注，并不是他想要的。

我的日子依旧过得很安静，只是初三了，身上似乎被一种无形的压力压得喘不过气。我已经很努力了，但成绩还是保持在中等，心里莫名惶恐起来。

有一天放学后，我又绕道去了南山公园。我不想回家，不想写作业。一下午考了两门功课，我觉得要累瘫了，蔚蓝的天空在我眼中也变得灰扑扑的。我要去南山公园喂喂那些流浪猫，很多孤单的日子里，我都会去。

我觉得，和流浪猫相处是件轻松简单的事，我不必讨好它们，只要带些猫粮过去，就会有很多的猫围过来。

在我专心喂猫时，不知道什么时候我的身后多了一个人。是他的影子让我注意到他。我转过身看，竟然是简单。简单看到我回头，羞涩地挠着头说："你也喜欢流浪猫呀？"他手里也拿着一包猫粮。

简单主动开口说话，我愣住了，直到他也蹲下来给流浪猫喂食。"你怎么会来这里？"我轻声问，并不敢看他。"我家住这附近，平时没事喜欢来这转转，这里空气好又安静。"简单说。原来离开教室后，他也不是那么不爱说话。

"我昨天来，发现有只猫可能生病了，想给它带些吃的。"简单在我还没回话时，又接着说了。说起流浪猫，简单仿佛变了一个人，他的眼中是满满的关爱。

不知道为什么，我觉得和简单说话很舒服。虽然在这之前，我们几乎是零交流。15岁的年纪，友谊的建立有时没那么多的规则和常理。其实我们都并非不想要朋友，只是很多时候，我们并不知道要如何与人相处。

四

我喜欢看漫画书、画漫画，却不爱上网，不热衷明星八卦，可能是胖的缘故吧，对穿衣打扮毫无见解，也知道自己长得丑，对身边的人总是刻意地保持一段距离，从不敢轻易敞开心扉，怕被伤害，宁愿孤单。

简单也是个不合群的人，他和男生总玩不到一块，他不喜欢运动，不爱网游，只对漫画书感兴趣。可能是天赋吧，对学习不太热衷的他，却总能轻松考出好成绩，让人羡慕嫉妒恨。他不喜欢别人喋喋不休地问这问那，喜欢安静地想问题。

"在以前，我也曾觉得自己的格格不入很不好，于是努力想融入大家的世界，但很辛苦，表面是不孤单了，但我心里却更加寂寞。后来我想明白了，我是个怎样的人就怎么做，不想迎合，更不愿勉强自己。我不喜欢被关注，只希望像个'隐形人'一样生活。"在我和简单渐渐熟悉后,有一天他这样告诉我。其实我能明白,15岁的我们并不害怕孤单,而是怕在迎合别人时,变得连自己都不认识了。我们都有自己的世界,只是和别人没有什么交集而已。

我和简单应该算是同一类人吧,就像同学说的,我们两个是奇葩。我们不懂得与人交往,不懂做人处世,而是习惯待在自己的世界里。也曾感到寂寞,可是当我们试着融入别人的圈子,说着言不由衷的话时,又觉得浑身不自在。

我们喜欢跟流浪猫相处,会把零用钱攒起来为它们买猫粮。在学习累时,翻翻漫画书就能得到片刻的轻松愉悦。我们都不怎么喜欢说话,安静地坐在公园一隅,看一片片闪着亮光的绿叶,仿佛那就是青春的绚烂,即使这样,我们也能平静地度过寂寞的15岁。

龙小桃,请你一定忘记我

安可儿

一

龙小桃第一天到我们班,我就给她起了外号——龙卷风。那天中午放学后去食堂,我一眼瞥见了龙小桃,她正拿着三个菜包,风卷残云般地嚼着,不过是短短的两分钟,手里便空空如也。我看着龙小桃打着响亮的饱嗝,从行人稀少的食堂后门快步走出去,突然就觉得一向死气沉沉的生活,像是陡然添了一块韧性极强的口香糖,有了长久咀嚼下去的滋味和芳香。

龙小桃的外号,晚自习的时候就传遍了整个班,甚至大有向邻班进军的趋势。班里的每个人都开始注意这个低头飞快走路的龙小桃,邻班的一帮男生,对这个幽灵一样做事沉默迅疾的女生也开始关注。下课后,走廊里照例展览似的陈列着一个个言语刻薄的男生,他们漫不经心地吹着口哨,长长的腿故意懒洋洋地斜伸着,以便可以"不小心"将一个美女绊住,给自己制造一次"焦点访谈"的时机。对于新来的龙小桃,他们更是充满了热情,不仅很快了解了她的过往,知道她来自一所打工子弟学校,父母皆是这个城市里最普通的民工,此前她已随父母辗转了几所学校,都没有人愿意接收她,是后来她的一个老师极力推荐,她才转到这里。据说她之所以走路如风,是因为要赶在父母回家之前将馒头蒸好,这在我们这群娇生惯养的"公主""少爷"们看来,简直是不可思议的事情。

其实我们的好奇里,更多的是一种居高临下的得意和骄傲。龙小桃的到来,为我们的幸福做了最完美的陪衬。她像一片绿叶,我们则是其上簇拥的花朵,我们的种种喧嚣、争艳、妖媚和张扬,不过是因为有了龙小桃,她悄无声息地跟在我们身后,却又那么鲜明地被我们明艳的色彩瞬间比下去。

二

龙小桃就与我隔了一个过道,坐在我的左边,但她似乎丝毫没有像其他女生那样,有想要尊我为"老大"的意思。上课的时候,我走神,视线散漫地落在她起满毛球的外套上,还有一支生了难看裂纹的圆珠笔,突然有了同情心,悄悄将自己刚买的笔夹张纸条放到她的桌上。我在纸条上写着:支援你一支漂亮的笔。我以为龙小桃会对我无限感激,至少也应该还我一抹温暖的微笑吧;没想到,她只是淡漠一瞥,就将笔重新放回了我的课桌。

我自此便与龙小桃记了仇般地不再搭理她。我不只在教室里会故意拉拢其他女生,窃窃地对她每天的衣着品头论足,而且会在走过她身边的时候,故意学她的样子,旋风般加快了脚步。有时候看她走近了,一群人的嘴会盒子般啪地关严了,以便用这样的沉默来将她与我们截然地划分开来。龙小桃对我们的冷淡看上去并没有丝毫反应,似乎她并不介意我们将她孤立起来;亦似乎,我们这群小丑一样跳啊唱啊的人,她根本就不在乎。

但我们知道,龙小桃其实是非常在乎的。课间时,她一个人孤零零地倚在窗口看天空飘过的几片白云,眼底是看不见底的一汪深潭。彼时,我们正在她视线穿越的阳台上,谈论着某位歌星的新曲,或是争论着到底谁才会成为这届电影节的最佳女主角。偶尔我们与龙小桃的目光会重合在一起，但随即就会触了电似的彼此跳开去。但我们还是看清了她眼中淡淡的向往和惆怅。

那次龙小桃又低头快速地穿越走廊，一个痞子似的男生装作没有看见她，将一只脚突然伸了过来。龙小桃一不留神就跌在了迎面走来的一个男生身上，整个走廊上的人都捂嘴嬉笑起来。而我，竟是在龙小桃满脸通红地走过身边时，一下子笑弯了腰。

那天晚自习，我便收到了龙小桃的纸条，上面只有一句话，写着：林美西，虽然我们不会成为朋友，但也希望不要成为敌人……

三

这句话一说出来，我与龙小桃之间，其实就已经无法挽回，注定了此后只能成为敌人。我始终对龙小桃的这一句耿耿于怀，并为此开始公开地与她作对。我还为此制订了一个"三步走"的路线，打算让全班同学都与我一起孤立龙小桃。

老师们对成绩中等偏上的龙小桃还算是关心，有时候她回答不上来问题，常常就会批评她两句，说她骄傲退步了之类的话。这样的批评，在我听来，总是音乐一样地悦耳。我喜欢看那时候的龙小桃，站在众目睽睽之下，如一只迷路的羔羊，可怜兮兮地等人来救她走出困境，偏偏走来的人不仅不救，反而笑她，又将她赶入更加绝望的山谷。我在用视线无声嘲弄了她几次之后，终于想出一个让她出丑的绝佳方案。

那天有龙小桃最胆怯的英语测验，作为英语课代表的我，在中途去办公室送试卷的时候，突然心生一计，将龙小桃的试卷抽出来放进自己的书包里。没有人知道这一个小小的把戏，老师只认定龙小桃不交试卷是对他尊严的藐视；而不交还耍赖说交了，那更是"罪加一等"，不可原谅。老师忘了问我到底有没有收到龙小桃的试卷，龙小桃也突然像是变了一个人，执拗地跟老师较着劲，而忘了问一下我，到底试卷为什么会不见了。两个人这样坚持的结果，是龙小桃被老师罚站一节课，外加写一份两千字的检讨。

像是一阵风吹过,龙小桃的名声,倏忽便飘出了很远。

四

　　整个年级的人都知道了这个求了人才来到这所学校读书的龙小桃,正公开地与英语老师叫板,不仅故意不交试卷,连检讨书上都写满了对老师的愤慨。事态的发展完全出乎我的意料,英语老师好面子的个性,让他将此事汇报给了班主任,而班主任又一个电话将龙小桃的父母叫到了学校,且当着很多领导的面,将他们女儿种种的表现添油加醋地大肆渲染了一番。结果,领导决定,要给龙小桃一个记过处分,并在年级大会上作为典型公开对她进行点名批评。

　　那张试卷在我书包里像一颗随时都可能引爆的炸弹,让我坐立不安,再不能在龙小桃面前保持昔日的风光。甚至当龙小桃的视线无意中落在我身上时,会像是千万根针无声无息地刺着我,直至我的心溢出了血。我最终在一个无人注意的傍晚,悄悄溜进办公室,将龙小桃的试卷扔在了英语老师的椅子下面。

　　我等了许久,英语老师都没有再提及试卷的事。后来有一次,我装作无心地问起试卷的事,老师竟然神情紧张地瞥我一眼,便立刻找了别的话题岔开去了。而就是这一眼,让我知道,龙小桃的冤屈再也没有翻案的可能。而我所欠龙小桃的东西,也无法再还上。

　　我曾经试图做一些事去挽回,譬如主动对那些狐朋狗友说起龙小桃种种的优点;譬如在无人会经过的路口处等着龙小桃,只为能讨好般地向她问一声好;又譬如收作业的时候,会亲自跑到她的面前问她做完了没有,如果没有那就再等她一会儿。我以为这种种的努力,会换来龙小桃至少一丝的好感,哪怕她能够用一个柔和的眼神来接纳我的歉意也好,但是,什么也没有。我们两个人之间的冰,已经在龙小桃的冷淡里,变得愈发坚硬。

五

龙小桃几乎完全地将自己封闭起来。在这个极少打工子弟的学校里，龙小桃如一个另类，独来独往，不主动搭理任何人，亦不打算与任何人交往。她像是一朵花儿，一季都没有开完，便自动闭阖了花瓣，且再没有绽放的希望和勇气。

龙小桃终于没有读完高二，便转学去了一所打工子弟学校。她走的时候，她没跟任何人说，是老师走到我的身边，淡淡地说了一句"将这张椅子搬走吧"，我这才知道，龙小桃再不会回来了。许多人对于她的离去不过是议论几句，便不再提起她。在周围人的眼里，她如一缕青烟，飘近又散去。而我，却是很奇怪地，在龙小桃走后，再也不能将她忘记。我曾经试图沿着她昔日放学回家的路线去找寻她的住处，但最终却是走失了方向。我也曾到附近的打工子弟学校闲逛，希望能够与她偶遇，向她当面说一声对不起。可是，时间终于没有给我这样一个机会。

后来的某一天，我在一个街口，与龙小桃不期而遇。我几乎是满含了惊喜地想要过去拥抱住她，告诉她，我曾用怎样长的一段时间，为所做的一切自责，也曾渴盼着她能原谅我，且与我成为朋友。但是龙小桃在看到我的那一刻，却一扭头，快步走开了，任我怎么呼唤，她都不再回头。

那一年，我与龙小桃皆读了大学。我一直以为两年的时间，应该能够让龙小桃宽容我所做过的一切，但是她的一个转身，让我终于明白，有些疤痕，一旦烙下，即便是手术也无法将它除掉。而我，则是龙小桃漫长无助的青春里最难堪的一道疤痕，难堪到她用了那么长的时间都无法忘记，难堪到只有逃避才能漫过时光的河流。

能彼此忘记，也许才是我与龙小桃最好的结局。

Fly

带刺的女孩兰孤独

　　我懂李娟对我的好，也明白她希望我能够成为一个受大家喜欢的人，毕竟被人排斥不是件开心的事。我会尝试着改变的，向李娟借一双慧眼，去发现身边同学身上的优点，用真诚为自己赢得大家的认可。

欧叶是个好女孩

罗懿灿

改名风波

欧叶想不明白：小时候让她很得意的名字，上了中学后，却频频给她带来影子般甩也甩不掉的嘲笑声。"欧叶！"多好记的名字，怎么就成了笑料？

被人嘲笑的次数多了，欧叶就开始对自己的名字不满意。每次听到那些男生拿腔捏调地冲着她叫"欧——叶"时，她简直要抓狂了，有一种想要撞墙的冲动。

那天，欧叶在学校又因为名字的事被同学嘲笑，她一回家就忍无可忍地向老爸抗议，强烈要求改名为欧小天，并且把在学校遭遇的事添油加醋地描述了一遍。她原以为老爸肯定会好好安慰她，没想到他却是一副"稳坐钓鱼台"的表情。于是她生气地说："爸，无论如何我都要改名，你不要阻止我。"看老爸还是无动于衷，她情绪激动地大声说："你多少给句话呀，我都要崩溃了，这破名字让我受了多少嘲笑，你还没事似的。"委屈加上伤心，眼泪就不设防地滑出眼眶。

"哦！欧叶，你怎么啦？"刚从浴室出来的老妈，听见欧叶在大声嚎叫，一边拨撩着湿漉漉的头发一边惊叫。

"我要改名。"欧叶气呼呼地说。

"你的名字不是挺好的？改啥？欧叶，这叫得多亲切呀！"老妈笑着安慰。

可是欧叶听在耳中，就变了味道，她哽咽着嚷："别叫了，我就是要改名，我要叫欧小天。"

"胡闹！"老爸严厉地吼了一嗓子，转身进了卧室。

看着老爸关上房门，欧叶知道改名无望了，站在客厅的灯影下哭得稀里哗啦。

"好啦好啦，别哭，都一米六的大姑娘了，还哭鼻子。"老妈过来替欧叶抹去脸上的泪水，然后语重心长地说："你怎么能叫欧小天？你不知道你爸叫欧笑天吗？这不乱套了？再说了，你这名字是你爷爷起的，能随便改吗……"老妈絮絮叨叨地讲起了欧叶名字的来源。不听还好，一听欧叶更生气了。原来她的名字只源于她出生时，爷爷一时激动大叫一句："欧——耶！我要当爷爷了。"她的名字就此被定下来。

欧叶一直抽噎。老妈抚着她的后背安慰说："名字只是一个代号而已，决定不了你的一生，努力才更重要。"

欧叶明白，但她还是很伤心，这个名字将要伴随她一生。一想到以后还要面对无穷无尽的嘲笑，她就止不住又流泪了。

才女欧叶

"欧叶，你的信，还有稿费单。"班长程刚课间把信件领回来时，故意在她面前大叫。他太佩服这个女生了，文章写得好，每个月都有她的样刊和稿费单寄来。

"哇！三百块。"同桌林依依眼疾手快，接过稿费单看后兴奋地大叫。

欧叶微笑,却不说话。这是她最自豪的事,每个月都能在杂志上发表几篇文章,而且编辑告诉她,她的文章清新自然,文笔优美,很受读者喜欢。

"请客啦!才女欧叶,我可专门替你跑腿了。"程刚说着话,故意抬起手臂在额头上使劲擦,好像有多少汗水擦不干净似的。

"没问题,放学后跟我走。"望着程刚微笑的脸,欧叶一口答应下来。她很喜欢程刚叫她"才女欧叶",听着就像酷暑天喝了冰冻过的仙草蜜,心里满是丝丝缕缕的甜蜜和舒爽。

"哦!有人请客了。"林依依开心地鼓掌。

林依依和欧叶是好朋友,她知道欧叶的心事,故意起哄逗趣。看着一脸坏笑的林依依,欧叶脸红了,她原来告诉过依依,她喜欢像程刚这种样子白净、成绩优秀的男生。

欧叶明白,这个班上偷偷喜欢班长程刚的女生并非只有她一个,班花杨美美早就有所行动了,但一个学年过去,他们之间毫无进展。欧叶是个内敛的女生,她不喜欢太张扬,只希望自己能把最好的一面展示在程刚面前。

在他们正聊得欢时,教室里突然传来一声阴阳怪气的尖叫:"欧——耶!有人请客了。"

不用回头,欧叶就知道这声尖叫发自杨美美,她的脸倏地涨得通红。

"又不请你,兴奋什么?"林依依生硬地顶了一句。

一直以来,每次欧叶被同学嘲笑时,都是她站出来帮欧叶解围。

"我高兴,我爱兴奋不行吗?"杨美美不屑地嚷嚷。

"高兴?只怕是心里血流成河吧!"依依一针见血直抵杨美美的伤口。

果然杨美美气势汹汹地冲过来要和依依撕扯。林依依是练中长跑的,天天锻炼,倒也不怕杨美美。但欧叶不想让林依依为了她和杨美美打架,于是紧紧拽住依依的手说:"算啦,依依,别这样。"

只是谁也没想到,杨美美看似扑向林依依,但在她伸出手的瞬间,居然一巴掌打在了欧叶的脸上。"啪——"很清脆的一声,欧叶的右边脸留下了五个红红的手指印痕。

所有人都愣住了,一时反应不回来。

"杨美美，你怎么打人？"程刚一把拉住了还要再次扬手的杨美美，大声呵斥。

"你心疼啦？你打我呀！"杨美美啐道。

她的样子像个泼妇，漂亮的脸蛋扭曲变形。围观的同学都屏住了呼吸，谁也没想到，一向娇媚柔弱的杨美美还会有这么生猛的一面。

"有病！"程刚甩掉了杨美美的手，转身走出了教室。

欧叶被杨美美一巴掌打蒙了，她捂着火辣辣的脸趴在桌子上嘤嘤地哭出声来。

林依依气愤不已，她冲过来要扑向杨美美，但被同学拉开了。杨美美被拉出教室时，还回过头锐声大叫："欧叶，我和你势不两立！"

那天放学，程刚并没有跟欧叶走，那以后，他也没再说起让欧叶请客的事，他们之间好像一下子就疏远、陌生了。欧叶想不明白，他为什么连收取信件的事都交由班上其他同学做。自己做错什么了？她不敢问，也不敢想，只是觉得自己的心突然很悲凉。

生活不是小说

欧叶变沉默了，对谁都鲜有话说。

林依依见欧叶变成这样，很自责，但欧叶并没有怪依依，她知道她是在维护自己，谁会想到杨美美居然会有那么反常的举动！

欧叶对程刚的做法想不明白，也有些反感。泾渭分明，这算什么？难道因为杨美美的一席话，他们之间连朋友都做不成了？他还算男子汉吗？再看见他时，欧叶远远地就绕道而行，以为眼不见就可以心不乱，但唯有她自己知道，躲避是因为更在意了。

在家里，欧叶整整一个星期都不理睬老爸，谁让他那天晚上漠视了她的改名乞求，就连老妈，欧叶也不想与她说话。她觉得父母都不理解她，更愿意把满腹的心事化作文字，在自己虚构的故事中营造一种悲伤的氛围，掬一把热泪，将自己感动。那些虚构的故事中，每个男主角身上都有程刚的影子，但她让她的主人公更勇敢、更从容了。那是她自己想象中的程刚，她希望他是那样的一个勇敢、坦荡的男生。

　　班上的同学，开始偶尔还会有人拿欧叶的名字开玩笑，但见欧叶根本不当一回事后，久了，也就失去新鲜感。当欧叶发现这点时，她感叹地想，这名字就像老妈说的，只是一个代号而已，决定不了人的一生，自己不在意了，别人也会不在意的，以前的自己真是太傻了。

　　日子平淡无奇。欧叶以为和杨美美之间的事情随着时间的推移就过去了，怎么也没想到，她居然还会来招惹自己。

　　那天放学后，欧叶和林依依一起回家。在她们上公车时，突然被人硬生生地从人群中拽出来。

　　刚开始，欧叶以为是林依依的恶作剧，头也没回地说："好啦，依依，别拉拉扯扯的，要上车了。"但是待她回过头看清拽她手臂的人是一个陌生男孩时，她傻了，怔怔地问："你是谁？拽错人了吧？"

　　那男孩年纪和欧叶差不多，染着红头发，套了件无袖T恤，手臂上文着狰狞的刺青。"你是欧叶？"他瞪着欧叶问。

　　欧叶吓了一跳，慌乱得不敢吱声。倒是站在旁边的林依依听到红发男孩的问话后，挣脱了拽着她的手臂的绿发男孩的手说："依依，他们是来找我的。"她把目光转向欧叶，示意她先走。欧叶明白依依的心思。

　　又一辆公车来时，依依冲着欧叶说："依依，你先上车吧，我没事的。"欧叶很害怕，确实想赶紧离开，但她怎能放下好姐妹，把她独自留给两个小混混！欧叶一脚迈上车，犹豫了片刻，又迅速跳下来，站在林依依身旁。

　　"两个都不能走。"红发男孩说。

　　"依依！你怎么不走？"依依埋怨地瞪着欧叶。欧叶看着依依，有些惊慌，却心生温暖，她走过去，紧紧牵起依依的手。

　　"你是欧叶？你不是长发头吗？"红发男孩指着依依的短发说。

　　"你谁呀？先是拽我下车，现在管我长发、短发，管太多了吧？"依依泼辣的性格又出来了，她是练体育的，打起架来，从不怕男生。

　　"小丫头嘴挺硬的。"红发男孩说。

"红鸡,不对吧,那丫头不是说欧叶长头发,是个好捏的软柿子吗?怎么成了母夜叉?"绿发男孩问。

"杨美美让你们来的?"依依听完他们的对话,突然问。

两个小混混愣了一下,没好气地说:"你管那么多。今天来只是警告你们,别和你们班长走太近,要不然有你们好看的。"红发男孩说。

"好看?有什么好看的?我倒是想看看。"林依依知道两个小混混的来路后,倒是不依不饶起来。

"你欠揍呀?小丫头。"绿发男孩颤音都出来了。

欧叶轻轻扯了扯林依依的手,她看见程刚正从前面走来。

"班长!"林依依朝程刚叫了一句。

"哦!林依依。"程刚说话时,突然注意到她们身边的两个小混混,脸色变得警惕起来。

"过来呀,有人找你,是杨美美叫来的。"依依大声说。

"我……我……"程刚一脸紧张,他的腿不由自主地战栗起来。

"你先走吧,没你的事。"欧叶看了他一眼,心里失望至极。她怎么也没想到,程刚居然如此胆小。他真的先走了,步履匆匆,就像逃避什么是非之地。

"这就是让两个丫头大打出手的男生?太怂了吧!没劲!"红发男孩说,然后转过头对依依说:"算了,你们走吧!这男生太没劲了,还不如你勇敢。"

在欧叶和林依依还没想明白怎么回事时,两个小混混径直走了。欧叶望着林依依,无奈地苦笑了一下,她心中的信念坍塌了。

生活不是小说,程刚在她心目中再也不是那个让她心生欢喜的男生了,反倒是依依,让她明白了她们之间深厚的友谊。

欧叶是个好女孩

欧叶不再患得患失,她翻来覆去一个晚上,终于想明白许多事情。

名字只是代号，再也左右不了她的心情，她希望自己能够像林依依一样，做一个勇敢的女生，也唯有这个女生值得自己写。学习之余，欧叶依旧笔耕不辍，但她不再写虚无缥缈的爱情故事了，她只想把自己心中对依依的欣赏表达出来。她写了一系列关于依依的故事，写她们之间多年来的友情，那些平凡的小故事在她笔下精彩纷呈。

杨美美偶然看到了刊登有欧叶文章的杂志，那篇文章正是写她们因为程刚而闹得不可开交的故事，用的是笔名，但杨美美一看就知道这是欧叶的文章。

那天傍晚，在教室走廊，杨美美一直远远地观察着欧叶的一举一动，突然发现，如果没有程刚的事，她和欧叶之间并没有什么矛盾，只是一种盲目的感情蒙住了眼睛，让自己变得歇斯底里。

后来，杨美美一直追着欧叶的文章看，她还通过其他同学找到了欧叶的博客，经常匿名进入，深深潜水。在欧叶的博客里，她读懂了欧叶的心，明白了她的快乐和忧伤。

欧叶并不明白杨美美做的事，当她注意到杨美美经常微笑着注视自己时，吓了一跳。但欧叶是个冰雪聪明的女生，几次后，她就从杨美美的眼神中读懂了她的意思。

林依依依旧整天嘻嘻哈哈地围绕在欧叶身边，她说，她要做欧叶永远的保护神。

欧叶明白林依依的好，也相信她的真诚，有这样一个好朋友，她觉得自己很幸运。

接到杨美美递过来的纸条，欧叶不觉得意外，她早已从杨美美的眼神中读懂了她对友情的渴望。欧叶不是个小心眼的女生，过去的事情，她从不放在心上。

在教室里，低头不见抬头见，欧叶总会遇见程刚，但她早已心如止水。她觉得程刚也只是一个很普通的男孩子，一个男同学而已，反倒是杨美美，还更率性一些。

大家看着欧叶，总感觉她和过去不一样了，还是那个不怎么吭声却爱写小说的女生，但她面对大家时，脸上绽放出的笑容灿如春花，让她整个人都洋溢着一种异样的神采。

你要有自己的温度

李雪峰

就要大学毕业迈步社会的前夕，学校里照例要举行各种各样的活动。校长致辞就安排在大家离校的前一天晚上。

满头银发的老校长微笑着走上演讲台，奇怪的是他左右手各提了一个暖水瓶。

校长微笑着看着大家说："明天，你们就将步入社会了，你们的生活将翻开崭新的一页，可能，你们对未来的生活充满了热切的期待，也可能，你们对未来感到迷惘和徘徊，作为你们的校长，孩子们，我今天不准备讲什么长篇大论，我只想送给大家一句话。"

校长停顿住，招呼台前的一个工作人员说："把我准备的水送上来。"

一位工作人员立刻提了一桶水送到了演讲台上。

老校长拧开一个暖瓶的瓶塞说："这是一桶凉水，我现在要将这个暖瓶灌满。"他弯下腰去将暖瓶灌满，将瓶塞盖上，说："孩子们，一会儿我将暖瓶里的水倒出来，你们说这瓶子里的水会发生变化吗？"

大家都没有回答，都不知道老校长要做什么。

老校长看看全场不明所以的同学，然后晃晃暖瓶，拧开了瓶塞，将水又哗哗地倒进桶中,说:"这水依旧是凉水,连暖瓶都是冰冷的。"老校长又拿起另一个暖瓶,吩咐台前的那个工作人员说:"把那桶沸水提来。"

不一会儿,工作人员就把一桶蒸腾着乳白色水雾的沸水提到了演讲台上。老校长又弯下腰去,小心翼翼地将暖瓶灌满,将瓶塞盖上,缓缓地问:"现在将瓶塞打开,孩子们,你们知道将发生什么变化吗?"大家不知道老校长究竟准备做什么,所以台下依然鸦雀无声,谁也没有回答。

老校长稍稍停了停,缓缓将暖瓶塞拔开,一缕缕乳白色的热气立刻就从暖瓶口袅袅升腾起来。老校长将暖瓶里的热水又徐徐倒回水桶里,说:"热水还是热水,没有发生任何变化,但是,暖瓶发生了变化。"他招呼台前的两位女同学说:"请两位女同学来感受一下好吗?"

两位女同学走到老校长身边,老校长吩咐她们说:"请二位把手指伸进刚才装满凉水的暖瓶里。"两位女同学分别将自己的一根食指伸入暖瓶中。

老校长问:"你们有什么感受?"

两位女同学说:"是冰凉的。"

老校长微笑着点点头,又吩咐两位女同学把食指伸到刚才装满热水的暖瓶中,然后微笑着问:"这次有什么感觉?"

两位女同学举着被熏得发红的食指说:"暖瓶里太热了!"

老校长笑了。他抬起头来说:"我从事教育已经大半生了,教过的毕业生有二十多届了。这二十多届的学生在走进社会和工作后,有大部分人告诉我,社会是冷酷的,他们感到十分失意,但也有一部分人告诉我说,生活和社会是美好和温暖的,他们一直充满着信心和热情。"老校长顿了顿说:"告诉我社会是冷的那些人,他们至今都默默无闻;而那些告诉我社会和生活是温暖的人,他们基本上都是自己行业的精英,他们都是功成名就的成功者。"

老校长接着说:"是的,社会和生活是冷的,就像那只暖瓶,如果你不用自己心灵的热情去温暖它,那它将永远是冷的。但如果你用自己炽热的情去灌注它,那么它将变得美好而温暖。"老校长环顾了一圈全神贯注的大家,说:"重要的是,你一定要有自己的温度!这就是我最后要送给你们的一句话。"

全场顿时响起了震耳欲聋的掌声。

是的，每一个人都要拥有自己的温度，只有拥有了自己心灵的温度，你才能让自己的生活沸腾，才能让你所在的世界温暖而明媚！

带刺的女孩总孤独

罗懿灿

一

我和班上的同学关系不好,有时没讲上两句话就能吵起来。争的也不是什么原则性问题,只是因各自的观点不同产生分歧。

可能是性格使然吧,什么事情我都不愿意打马虎眼,总要争个输赢、辩个黑白出来。喜欢与人争辩的结果是我总被别人排斥,虽然我的成绩不错,但除了李娟,我在班上没有其他朋友。成绩比我好的,眼睛长在头顶上,一副盛气凌人的拽样;成绩差的,吊儿郎当不学无术,我也不愿意接近。

我是个喜欢热闹的人,被人排斥总不是滋味。有时看着李娟和别人热情地说笑时,心里就会感叹,为什么李娟的人缘那么好。李娟是个大咧咧的女孩,性格开朗、爱说话的她平日里也会与人争论,但为什么别人就可以接受她呢?李娟的成绩一般,只有作文写得不错,别的也不见她有什么特别显眼的优点。

我暗暗观察过李娟与人相处的方式,我觉得很正常,她并没有刻意地恭维过谁，也没有巴结的嫌疑。想来想去，我只能说，李娟有种与生俱来的亲和力。

二

原来我还想着要改变自己，不要事事与人针锋相对，那些无关紧要的事情，我跟别人争什么呢？但有一句话说：江山易改，本性难移。想要改变自己并非易事，明摆着就是错的事情，我怎么也说不出赞同的观点。

隐忍几天，我就故态复萌，随便了，没朋友就没朋友，我不能没有自己，至少还有个李娟，她理解我。我平时喜欢读书看报，什么事情都爱关注，听到别人瞎争论，特别是牛头不对马嘴时，我就会忍不住上前"主持公道"。

有一次，两个女生在争论章子怡有没有在赵薇的电视剧里伴过舞的事，我明明看过娱乐报，说孙俪客串过《情深深雨蒙蒙》里面的小舞女，她当时还没出名，怎么就变成章子怡了？看她们争得口沫横飞、脸红耳赤的，我忍不住插了一句话："不懂就别瞎争议了，明明是孙俪身上的事，怎么就扯到章子怡了？"

我没想到两个女生同时朝我翻白眼，一个说："我们就是爱瞎争，关你什么事？"另一个说："我们去玩，少搭理她，不就是想套近乎嘛！"说着，两个女生头一扬，昂首挺胸地走出教室，经过我身边时，还异口同声地"哼"一声以示不屑。

我快被气晕了，都是些什么人呀？真是"狗咬吕洞宾，不知好人心"，我还不是为了平息她们的争论，而且给了她们正确的答案，她们居然倒转枪口，一致把矛头指向我。

类似这样的事，还有好几次，我只是好心好意想平息"战火"，没想到，却是引火烧身，好心被当成了驴肝肺。

最让我深感委屈的一次是有个成绩很好的女生，她在出黑板报时把"相濡以沫"写成了"相濡以沐"，我即时给她指正出来。她看了看，撇撇嘴，不屑地瞪了我一眼，说："就你能？你知道什么呀？瞎嚷嚷。"她的不屑激起了我的好胜心，于是我说："沫，是指唾液。沐是什么？一起洗澡呀？"我的话引起了一阵哄笑，几个围观的同学跟着说："你想和谁一起洗澡呀？"然后哈哈大笑起来。

那个女生顿觉颜面扫地，在我的直视下，突然就嘤嘤哭泣起来，然后一把扔了手上的粉笔，哭着跑回座位。老师为这事批评了我，身边的同学更是认为我好出风头。

这样的事情经历几次后，我对班上的同学和老师都抱有成见。我看不惯她们，她们也看不惯我。我很奇怪，为什么李娟一直待我如从前？她不怕因为和我在一起，也被大家排斥吗？那些人的心胸那么狭隘！

三

李娟整天嘻嘻哈哈的，跟谁都能兴高采烈地聊上两句。我偷偷问李娟："你跟她们有那么多话呀，还一脸兴奋？"

李娟好奇地看着我，瞪了一下眼，说："不都是同学？干吗搞得像阶级敌人似的！"

"你知道，她们有时有多无知，明明是错的，还争得口沫横飞，搞得自己有多能耐似的。"

李娟嫣然一笑："你就是太爱较真了。"

"较真不好吗？总不能为了所谓的面子颠倒黑白。"我说。突然想起她也爱争论的，我又接着说："你不也常和她们争论吗？为什么大家对你没意见？不过，我也不稀罕她们。"

李娟静默了片刻，她看着我，犹豫了一下，没有开口。

我一一点评班上的同学，觉得没一个好东西。

见我说个不停，李娟插了一句："在你眼中，她们身上就没有一点儿值得欣赏的地方？"

上课铃响时我们才分开，但我感觉到，她似乎还有很多话想对我说。

最后一堂课结束时，李娟果然叫住了我。我们不同路，平时很少一起回家，但那天她陪我走了很远。

她挽着我的手说："你是一个心直口快的人，这样挺好的，但有时别太尖锐。看见你被大家排斥，我挺难受的。"

我看了一眼身边的李娟，疑惑地问："你是怕和我在一起，也被大家排斥吗？"

"说好不生气的，因为我们是最好的朋友，所以我不想大家误会你。"

"你不误会就行了，我不在乎她们。"我说着，心里却莫名地有些失落，我怎么会不在乎呢？青春正好的年纪，我怎会不希望自己有很多的好朋友呢？可是，她们不接受我，我也看不上她们。

"每个人都有自己的优点，你不能只去在意别人的缺点，或许这样，你会愿意和她们成为朋友……"李娟说了很多，一一列举她们身上的优点。

"她们有那么好吗？我怎么从来没发觉？"我在脑海中回想班上的同学，她们真的像我认为的那样不堪吗？她们身上就没有值得我欣赏的地方吗？扪心自问，我知道是我固执地不肯去承认自己的错误而已。

四

心细的李娟知道要说服我并非三言两语的事，她点到为止，不多说，怕与我也起争执。如果我们之间也产生矛盾，那我真的就成孤家寡人了。

李娟用了一种我没想到的方式来说服我。我们天天在一起，她居然写了封信寄给我。收到信时，我很开心，毕竟"地址内详"的信总让人浮想联翩。

信很长，可见她花了不少时间，我亦明白她对我的好。李娟在信里依旧很委婉地分析了我与身边同学的关系。她写道：看见你在班上与同学水火不相容的样子，我挺难受。作为好朋友，我觉得我也有责任，我早该提醒你的，但我一直不知道如何开口，我怕我们的关系也因此弄僵。你知道，我也喜欢与人争论，但我都是就事论事，没有夹带一个伤人的字眼。有些话，你说出来也是无心的，但听的人却有自己的想法，毕竟都是十几岁的人了，谁也不愿意被人贬低。很多时候，你的出发点是为别人好，但方式是否可以换一种更能让人接受的？语言上的委婉，并不等同于虚伪。真诚的认可、善意的赞赏，绝不是口是心非的恭维。如果你肯去发现，她们真的也是一群可爱的人，大家都有自己的骄傲和优点，彼此欣赏，有什么不好？

　　看着信纸上娟秀的字，我仿佛看见李娟在荧亮的台灯下冥思苦想的模样。她知道我心气高，为了能够说服我并且改变我的观点，她在遣词上一定是斟酌又斟酌。她的良苦用心，我能不懂吗？她做这一切，都是为了我好。有这样为自己着想的好朋友，我能责怪她吗？

　　我懂李娟对我的好，也明白她希望我能够成为一个被大家喜欢的人，毕竟被人排斥不是件开心的事。我会尝试着改变的，向李娟借一双慧眼，去发现身边同学身上的优点，用真诚为自己赢得大家的认可。

柯立子，你是颜色不一样的烟火

何伟

一

12岁那年的夏天，我们家从农村搬到了龙岩。父母花光了家里所有的积蓄，在城郊买了套小小的旧房子。爸爸说，城里的老师水平高。妈妈很赞同爸爸的话，而且她觉得，只要勤快，在城里更容易谋生。

当时是暑假，爸妈每天一早就出门收废品，我只好一个人待在家。我不敢随便出门，爸妈说城里车多，很危险，而且坏人也多。最重要的是，我不想看见别人异样的眼神。

我见过几个小区里的同龄孩子，但他们不爱搭理我，因为我父母是收废品的，他们都不愿意和我玩儿。我还听见一个胖胖的女人指着我对她女儿说："那个乡下人，你别和她一块玩儿，脏死了。"已经12岁的我懂得那些话里的鄙夷和奚落，于是愤然道："谁爱和你女儿玩呀，你才脏死了。""看看，乡下人就这种素质，一个野丫头。"那个胖女人不屑地瞟了我一眼，又指着我和其他的邻居说三道四。"是呀，收废品的也住这里，简直拉低了我们小区的档次。"一个瘦瘦的、戴着眼镜的老头随声附和。

听到这样的话,我很难过。其实从到这里的第一天起,我就从别人的眼神中看出了不欢迎。虽然我爸妈看见谁都热情洋溢地打招呼,但很少有人回应,偶尔有人回应一声,爸妈就会特别高兴。我很反感他们这样卑微地讨好别人,但爸爸说,都是邻居,没啥。可我心里却堵得慌。

二

一天傍晚,我在阳台看书时,突然听到小区球场那边一阵喧闹。出于好奇,我匆匆跑下楼想过去看看究竟发生了什么事。

在不远处,我看见一群孩子正围着一个男孩,他们嬉笑着,异口同声地唱:"傻瓜,傻瓜,别生气,晚上带你去看戏。什么戏?游戏……"然后几个人一齐冲过去,把男孩推倒在地,有的还朝他身上扔石子。

"你们怎么可以这样呀?"我边喊边跑上去。那群孩子嘻嘻哈哈一窝蜂全跑光了,只剩下倒在地上的男孩。我过去扶他时,男孩正好奇地盯着我,嘴角还挂着口水。我一下明白刚才那群孩子唱的是什么意思了。

"姐姐好!我是柯立子。"男孩说话了,脸上还有笑容。我俯下身,把他扶了起来。男孩的目光一直盯着我看,像在研究什么似的。

"小朋友,回家吧,要不别人又要来欺负你了。"我和颜悦色地说。

"姐姐,我不叫小朋友,我叫柯立子。"男孩笑着更正我的话。

男孩很瘦小,八九岁的样子。可怜的孩子,但是,我又能给他什么帮助呢?我冲他笑了笑,转过身准备离开。

"姐姐,我可以去你家玩吗?"男孩在后面叫我。

我没应声,加快脚步。没想到,男孩居然一路跟来了,边走边说:"姐姐,我可以去你家玩吗?"好心惹了个大麻烦,我转过身,盯着他,没好气地说:"小朋友,请你不要跟着我,行不行?"

"姐姐,我不叫小朋友,我叫柯立子。"男孩再次更正我。

我要崩溃了,遇见个连话都听不懂的傻孩子。我强忍住怒气,努力挤出一丝笑容,轻声细语地说:"好,柯立子小朋友,姐姐麻烦你不要一直跟着我,我很烦!谢谢!"

"姐姐,你终于记住我的名字啦,你为什么要谢谢我?"柯立子笑容满面,根本看不懂我脸上的无奈。

我深深地吸了一口气,一个字一个字地说:"你——不——要——再——跟——着——我。"

"爸爸你看,那边有两个傻瓜聊得还挺起劲儿,其中一个好像还生气了。"

在我说完准备离开时,突然听到后边传来的说话声。我愣住了,生气地转过身,大声说:"你骂谁傻瓜呀?你才是傻瓜!"小孩被我吼了一声,吓哭了。

"凶什么呀?乡巴佬!"小孩的爸爸不满地瞪着我,抱起孩子走开了。

"姐姐,他骂你是乡巴佬。"在我怒不可遏时,没想到柯立子温柔地补了一刀。我满腔的怒火即刻爆发出来:"你个傻瓜,都是你害的。"

柯立子没想到我会凶他,眼眶红了,泪珠扑簌簌落下来。我可没心情再理他,真是烦死了。

三

一直到开学,我都躲在家里不想出门。

没想到,新学校开学第一天,我居然在教室里看见了柯立子!见到我走进教室,柯立子居然乐呵呵地从座位跑过来喊着"姐姐好",然后伸出手要帮我拎书包。班上的同学哄堂大笑,我涨红脸真想挖个地洞钻进去。怎么会遇见柯立子呢?他看起来只有八九岁的样子,怎么会和我同班呢?我迷糊了。

后来和柯立子熟悉后,去了他家,听了他妈妈的解释,我才知道,原来在柯立子很小的时候生过一场大病。由于药物的副作用,柯立子身体发育比同龄人慢,而且脑子也受了影响,其实他还比我大一个月呢。

由于柯立子整天"姐姐,姐姐"地叫,班上的同学都嘲笑我,他们说,乡下妹子配个傻瓜刚刚好。我实在忍无可忍了,一天课间,我把柯立子叫到教学楼后面,很严肃地对他说:"柯立子,请你一定要记住,我们现在是同学,你不要整天叫我姐姐,会被别人笑话的。你再这样叫,我就再也不理你了。"柯立子懵懵懂懂地看着我,可能我脸上的表情很凶吧,他怯怯地点了点头。"还有,你的嘴角不要再流口水了,太恶心,都那么大了,要注意卫生。"临走,我又多交代他一句。柯立子赶紧用袖子擦了一把。

我感觉得到柯立子一直想和我说话,但他又怕惹恼我。每天放学后,我们一前一后走回小区。我知道他在后面跟着我,但他没有来烦我,也就随他去了。

有一天,我碰到几道数学题不会解,放学很久了还留在教室。等我解完题离开学校时,发现柯立子居然还站在校门口。他看见我出来,赶紧走开。我追过去,拦住他问:"你刚才一直在等我吗?"柯立子点点头。"你干吗要等我,你不会自己回家吗?不认识路?""杜杜,你在学校做什么?很迟了。"柯立子答非所问。"我叫杜宇欣,不要叫我杜杜,多难听!"我纠正他,然后告诉他我在解数学题的事。

第一次并肩同行,我看着身边比我矮一个头、长得瘦小的柯立子,心里有些不是滋味,我干吗要那么讨厌他呢?他对我一直都挺好的,我都知道。这一路上,我和柯立子说了很多话。我发现他并不是那么傻,完全可以交流,有时还会冒出几句很有趣的话,逗得我直笑。

"杜杜,你笑的样子真好看!"柯立子突然间说出这句话时,我止不住大笑起来,说:"是吗?柯立子,连你这个傻瓜都看出来我很好看了。""我不是傻瓜,我叫柯立子。"他一本正经地纠正我,那认真的态度让我不得不认真对待,我说:"记住啦!我以后不会再叫了,原谅我!"

"我们是好朋友,我会原谅你的,杜杜。"柯立子笑了起来。

这时,我突然注意到,他的嘴角已经不再挂着口水,脸很干净,仔细看,还透着几分帅气,身上的衣服也整齐多了。

四

和柯立子熟悉后，我经常去他家玩。

柯立子的父母人很好，柯爸爸还是一所中学的音乐老师。他们对我很热情，感谢我能够把柯立子当成好朋友。柯妈妈说，我是柯立子第一个邀请到家里做客的人，他每天在家讲得最多的就是我，说到我时总是眉开眼笑。

柯爸爸在家时，总会抽出时间教柯立子弹琴。柯立子对弹琴兴趣不大，但他喜欢唱歌。直到那时候我才知道，原来柯立子的歌声那么动听。他唱歌时，神情和往常完全不一样，特别投入和专注。

我也喜欢唱歌，但我知道在城里学任何东西都要花很多钱，所以从来不敢跟父母提学唱歌的事。看着能够学弹琴唱歌的柯立子，我很羡慕。虽然他个头小小的，但坐在钢琴前，十指在琴键上飞舞时，他就像一个王子。

"听到别人叫柯柯傻瓜时，我们当父母的心里都特别难过，我们确实也知道，这孩子有些方面真的挺傻的，但他不笨……"柯妈妈说起往事，总是泪湿眼眶。

我想，如果这世上真有上帝，那上帝应该是公平的，真的像柯妈妈说的那样，柯立子在有些方面确实比别人弱，但在另一些方面，他又强过别人。

我想，一定是我羡慕的眼神暴露了对学唱歌的渴望，有一天去柯立子家时，柯爸爸问我想不想跟他学唱歌。我很想，但我口是心非地摇头了。可能柯爸爸猜出了我是担心钱的事，于是笑着说："完全免费，我教你。你说话的声音脆脆的，清亮，唱歌也会很好听。"

"杜杜一起学，我们一起唱歌。"柯立子正在练琴，听到对话后，转过头来说。

"认真！你怎么一心二用呢？"话说出口，我才想起来这是在柯立子家里，平时训他都成习惯了。

"是！认真弹琴，我听杜杜的。"柯立子乖乖地转回头去了。

柯爸爸看着我们哈哈笑了起来，说："一起学吧，以后我教起柯柯时，会轻松很多了。"

我和柯立子一起跟柯爸爸学了三年唱歌,直到中学毕业后,柯立子一家搬到其他城市,我们才分开。

五

离别后,我收到了柯立子寄给我的一张碟片,里面录制了十首他自己演唱的歌曲。很多个夜深人静的晚上,我关上灯,伫立在窗前,望着苍茫的夜色,任如水的音乐将我席卷。

柯立子天籁般的歌声一直撞击着我的耳膜,他在唱:"我就是我,是颜色不一样的烟火……"我的泪在瞬间奔涌。原来他一直都懂,懂别人看他时异样的眼神。

柯妈妈说,我是柯立子最好的朋友,也是最重要的朋友,我的出现,明媚了他黯淡的少年时光。可是柯妈妈不会知道,柯立子也不会知道,他用自己的方式走进了我的世界,用他的方式与我建立起了一份真挚的友情。他的出现,他的坚持,他的友情,给了当年那个初入城市惶恐不安的我那么多安全感。

我很庆幸,我和柯立子是最好的朋友,我们没有让回忆充满遗憾。

留守青春里的白玉

何伟

一

父母带着小我三岁的弟弟长年在外打工,而把我留在老家与爷爷奶奶相依为命。爷爷奶奶虽然疼爱我,但他们毕竟给不了我父母之爱。我知道弟弟比我小,他在父母身边能够得到比较好的照顾,但我内心深处依旧恨父母重男轻女。

人的成长或许就是这样,爷爷奶奶爱我,但我从来没有在他们面前撒过娇。我也爱爷爷奶奶,但我在他们面前总是沉默寡言,脸上挂着漠然的表情。久了,我对谁都保持距离,就连过春节时父母回来,一家人好不容易团圆时,我也无法打开心扉。我对他们就像对客人。

父母买了很多东西给我,一回到家,他们就对我展开暖暖的亲情攻势,但我漠然置之,从不给他们走进我内心的机会。

弟弟说:"大家久不在一起,太陌生了。"

弟弟说出了我的心里话,那种长年累月心与心之间的疏离,岂是短短几天相聚就可以拉近的？

二

我在学校没有朋友。

我一直觉得，连自己亲生父母都是疏远的，同学间能够有什么真正的友情呢？我只要认真读书，以后考上大学，找份好工作，人生就足够了。友情于我很奢侈，我无心经营。

一直以来，我像只蜗牛，只想安静地待在自己的壳里，可即使这样，我还是在无意中成为别人一场玩笑中的主角，被伤害得体无完肤。

几个学长无聊时开了个玩笑。其中一个学长给我写纸条，对我展开感情攻势，一直孤单和被漠视的我，禁锢已久的心悄然萌动。我渴望被人宠爱和关心，学长对我的热情，我欣然接受。

从来不在意穿着打扮的我，为了在那学长的心目中有更好的形象，开始留长发，开始喜欢各种各样的小饰物。我把积攒多年的零花钱全取了出来，开始包装自己。我以为这会是一个美好的开始，可是我万万不曾想过，这只是那个学长和他同学之间的一个玩笑。我成了那场恶作剧中的牺牲品，成了学校同学中最大的笑话，他们叫我"花痴"。

学长的道歉没有消除我内心的愤怒和挫败感，我没有哭，而是一脸漠然地走到他的教室，然后当他的面，用笔盒砸破了一扇窗。

原本沉默寡言的我愈加安静，感觉一切都没有意义。为什么被伤害的人永远是我？父母可能一直都觉得，他们努力挣钱是为了这个家、为了我，可是那漫长岁月中的亲情疏离用什么来弥补？那个学长的道歉算什么？我内心的伤口，就像那永远无法闭合的眼睛。

三

因为"花痴"事件的发生，原来成绩不错的我选择了破罐子破摔。我开始逃课，天天把自己打扮得不伦不类，还和社会上的"小混混"玩在一起。

大家以前就不待见我，彼此是井水不犯河水，到后来他们见了我就躲，仿佛我是病毒。我过去是不爱说话，表情冷漠，后来却是一脸愤然，丁点儿大的小事，也会掀起波澜。那些郁积在内心已久的伤痛，我通通都要发泄出来。

初三才转学来的白玉，很"不幸"地成了我的同桌。面对白玉的盈盈笑脸，我总是眼睛一挑，赏她一记"卫生球"。又没捡到宝，天天笑容满面，累不累呀？我根本不在乎她面对我的白眼会不会难为情。

白玉学习很认真，穿着却是特别土气。我观察白玉的衣服，一看就知道是地摊货。我已经告别穿地摊货的阶段，父母为了弥补他们对我的感情缺失，给了我很多钱，我把钱攒起来买衣服。我还偷偷买了口红、眼线笔、睫毛膏，学会给自己化妆。青春那么美好，我干吗不好好挥霍？

白玉见我时常逃课，很是惊讶。

有一次，我整理好书包又准备开溜时，她拦住我："已经初三了，干吗又逃课呀？""你管得着吗？让开！"我一瞪眼，甩开她的手就要从她身后挤过去。"如果你今天敢出去，我马上就去报告老师。"白玉平静地说，脸上没有一丝笑容。

她这样的严肃，我是第一次见，有些愣了。班上的同学见我时常和社会上的小混混玩都怕了，就连高年级的男生也不敢招惹我，白玉见识过的，她难道不怕我？

"怎么？想管我？"我挑衅地质问她。

"我想和你成为朋友。"她说。

"朋友？"我疑惑地重复。

"是呀，我刚转学来，既然我们有缘成为同桌，我想，我们一定也可以成为好朋友。"她一脸认真地说，脸上的真挚表情不容置疑。

我的心弦微微地动了一下，第一次，有人告诉我，想和我成为朋友。

"你不怕我呀？我不学好的。"我撇着嘴逗她。这个白玉还真有点儿意思，她身上有股子倔劲。看见她，我能够看见自己过去的影子，只是，我们最大的区别是,她爱笑,而我老绷着一张脸。

她笑了起来,亲热地搂着我的肩膀说:"你又不是老虎,有什么可怕?我刚来不久,想请你帮助我,可以吗?再说了,这么长时间以来,我们还没好好说过话呢!"

面对白玉的真诚和微笑,我没有理由拒绝。其实内心深处,每次和那些小混混一起玩时,我还是会有一种慌乱的不踏实。

四

白玉的父母也在外地打工,她和我一样是个留守在家的孩子,和我不同的是,她说她在山里的家被洪水冲垮了,现在是寄住在她小姑家,毕竟县城的教学质量比乡下好。

我相信白玉的话,我们县外出打工的人特别多,不要说乡下了,就是县城里,像我父母这样外出打工的人也很多。我看了一眼白玉,心里非常同情她,留守在家就已经很辛酸了,她还要寄人篱下,虽说是自己的小姑,但毕竟不是自己的家。真不明白,这样的境遇,她还能每天笑得花一样。

对比白玉,我感觉自己的处境好多了,毕竟我住在自己家,父母每年都会回来,而且还会买很多东西讨我欢心,生活费也按时寄来,我有什么不满足呢?但仅仅这样,我就该满足吗?双亲缺失的岁月,终究是一场空白,无论什么东西都无法弥补。

相同的处境,同桌的缘分,我和白玉越走越近。在学校里,我们时常一起进进出出、形影不离。大家都很奇怪我和白玉的友谊,几个和白玉关系不错的同学还问过她,为什么会和我这种人走在一起。

"什么这种人那种人,当你真正了解一个人时,你就不会再这样说了。"白玉解释。

我刚从外面进教室,听到白玉的话时,心里暖暖的,虽然我依旧默不作声,但很感激她对我的认可和保护。

毕竟初三了,学校也开始抓纪律和学风,很长一段时间,我再也没逃课出去玩了。可是那群小混混居然找来学校，在校门口等我。

看见他们，我心里有些紧张，我让白玉先走，毕竟这事和她没有关系，我不想拉她蹚进这潭浑水。白玉没走，她握住我的手说："没事，我陪着你。"那群一起玩乐的小混混倒也没有为难我，听完我的解释后，他们只要求我请一餐散伙饭。

我知道自己没有退路，不请不行，但我口袋没剩多少钱了，最后还是白玉回她小姑家拿出她积攒了好久的三百多元钱救了急。

我很感激白玉帮了我，但她只是笑着对我说："我们是姐妹，是好朋友，别见外！"说不出别的感激话，我给了她一个大大的拥抱。这是我第一次主动拥抱别人，心里暖暖的。

五

白玉的成绩和我不相上下，但我们强弱科不同，我们自然而然地就结成对子，互相当对方的小老师，我们还约好要考同一所高中。很多我从来没有告诉过别人的话，我只告诉白玉，我知道，她能读懂我，就像我能读懂她一样。

当她听了我对父母的埋怨后，她说："我理解，因为我也曾抱怨过我的父母，但仔细想想，如果父母有办法把我们带在身边的话，他们肯定也会愿意的，只是有那么多的无奈。"

我一直也懂父母的无奈，可能是同病相怜的白玉劝说，我突然就释怀了。

我还是爱打扮，用那些便宜的化妆品。有段时间，不知是天气干燥火气旺，还是化妆品太劣质，我的脸上出现了一粒粒的小红点，皮肤瘙痒。白玉见了，大声惊叫，建议我别再用化妆品了，她说："青春那么美好，为什么化妆呢？素面朝天的你美得更真实。"

我被白玉的惊叫窘得一脸羞红，低低地说："嚷什么呀？我又没你的花容月貌，不靠化妆，我都没自信。"白玉伏在我耳畔，轻声说："我说真的，你本来就很美，特别是笑起来的时候，只是你原来笑得太少了。""我笑神经不发达。"我一脸沮丧。"谁说的？你都不知道你笑的样子有多美吗？真是太遗憾了。"白玉夸张地摇头晃脑。

上课铃响时，我还在苦恼自己脸上的小红点。我知道劣质化妆品对皮肤的危害，但真不在脸上涂抹一番，不戴点儿小饰物，我就会对自己不自信。随着年纪增长的同时，我也越来越爱美了。

老师在讲台上滔滔不绝地讲述《岳阳楼记》，我却沉溺在自己的冥想中，手轻抚着有些刺痛的脸，全然忘记了是在课堂上，我害怕我的脸就这样被毁了，那该怎么办？于是我转过身担心地问白玉："我的脸会不会毁了？"

白玉听后，示意我止声，然后朝老师的方向努努嘴。我才注意到，老师正盯着我。我赶紧打起精神，腰杆挺得直直的，把思绪拉回课堂。

老师转身在黑板上写字时，白玉递了一张纸条给我，上面只有一句话：笑容是青春最美的装饰品。

我疑惑地转头看白玉时，她正对我睁大眼睛，一脸灿烂的笑。我紧张的心豁然开朗：白玉不正是这样吗？她盈盈的笑脸赢得了多少人的喜爱，就连我这么冷漠的人也被她的笑容感染了。

青春那么美好，我们有明媚的笑容就足够了，我还担心什么呢？

fly

花开半夏

知道吗？江小北，现在的我，已经不是胖子了。这些年来，我安静了很多，学会了优雅与从容，再不会为了别人的一句话而患得患失，亦不会为了赢得好人缘而变得不像自己。

那年的青葱岁月,花开半夏

何罗佳仪

一

周末无聊,偶然看了一场"快乐男生"的比赛,当华晨宇出场时,我愣住了,莫名地就想起了同桌的你——江小北。

江小北,你长得太像华晨宇了,同样戴着黑框眼镜、不高的个头、木讷的表情、凌乱的头发,因为不合群还总是沉溺在自己的世界里,被班上的同学说成是"外星人"。江小北,如果你也在看"快乐男生"的比赛,会不会感叹这个世界上居然还有人长得和你这么像,就连性格也差不多!你们是失散多年的亲兄弟吗?

江小北,时间过得好快呀,毕业至今,已经有好多年了,但那些往事,你还记得吗?或许你早已遗忘了,因为我记得,你从来都不在乎别人怎么看你,你有你的世界,有你的思维方式。但我看着华晨宇的短片介绍时,回忆却像潮水般涌动起来。

二

那时候，骄傲与自卑都并存在我身上。因为胖，我总是在体育课上被大家嘲笑，让我自卑得无地自容。但又因为成绩优秀，一到考试时，我就像打了鸡血般斗志昂扬。我努力做最好的自己，说真真假假的话，委曲求全，只想赢得好人缘。

我和大家一样，因为你的怪僻性格讨厌你。在你调整位置搬过来和我同桌时，我直喊"倒霉"，觉得自己和你同桌后会更加被人嫌弃、遭人排斥。那时候，我是那么渴望得到别人的友谊，虽然很困难。和你不同，你是自我封闭，而我是被人排斥。我努力地想融入大家，却因为胖，所有的努力只是徒劳。但那时，我真的是希望大家能够接受我。

我还因为与你同桌后，被一个男生骂"两个怪胎，天生一对"而偷偷抹泪。那时，我真的很生气，甚至有点儿恨你，觉得这一切都是你的错。

可你当时居然对我说："别人都不喜欢你，何苦还眼巴巴地往上凑？你到底有没有自尊心？"你的话让我面红耳赤，还好你没有正眼看我，没有看到我窘迫难堪的表情和眼中闪烁的泪花。一个胖女孩，连友情都是奢求。

"我的事需要你干涉吗？"我愤然地回敬你，语气冷冰冰的，如果可以用力踹你一脚的话，我一定不会脚下留情。你就是那么不会说话，明知是我的伤口，还故意往上面撒盐。

江小北，现在的你，还总会说些"不合时宜"的话吗？可能有所收敛了吧，毕竟我们都已不再是小孩，言行举止都得考虑到身边人的感受。

三

我是一个那么害怕孤单的女生，付出了那么多努力都得不到别人的回应和认同，于是，渐渐地就与同桌的你关系缓和起来。我主动找你说话，主动与你东拉西扯，主动关心你的学习。虽然你面对我的热忱还是一副无动于衷的表情，但我很开心，因为你最终还是会回应我，并且从来没有叫过我"胖子"。

江小北，你确实是个奇怪的人，你怎么就那么不在乎别人当面叫你"怪胎"呢？你的脑子里怎么会有那么多奇奇怪怪的想法，你真的就一点儿都不在乎别人对你的评价吗？而我是那么努力地做最好的自己，甚至委曲求全，仅仅就是希望得到所有人的认可。

毕竟是同桌，交流多一点儿很正常，你还说了一些你的事给我听。我的身边一直没什么朋友，了解你的一些事情后，我觉得我有责任对你好，所以我把所有的热情和关心都释放到你身上了。可能是我的表达出了错，也有可能是你会错了意。我真的不知道，有一天你居然会写信给我，说是想与我交朋友。其实我们已经是朋友，但我又明白，你字里行间所要表述的意思，并非仅仅是朋友。

我看完信后，拍了一下你的脑袋，说："你想什么呢？想那么多，还想那么远。"其实我心里已经泛起了丝丝波澜，那是我第一次收信，来自男生写的信。虽然你很怪，也很普通，但你终究是个男生，而且你身上还是有很多吸引人的魅力，我小小的虚荣心得到了满足。

我没有拒绝，也没有说接受，只是在以后与你的相处中，莫名地就多了一份温柔。与你更加熟悉后，我发现你沉溺于自己的世界里时，表情总是寂寂的。江小北，你一直都是孤单的孩子，对吗？看了电视上对华晨宇的短片介绍后，我在想，你那时候是不是也经历了很多与我们年纪并不相符的事情。我听同学说过，你父母很早就离婚了，你一直跟着你的父亲生活。父亲再婚后，你就变得怪怪的，不爱与人说话。可是我知道，你喜欢唱歌。

那是一个彩霞满天的黄昏，晚自习时，我很早就到学校了。我以为我是第一个到的，没想到，到了五楼的教室，还没进门，我却听到一阵好听却有些忧伤的歌声："忘忧草，忘了就好……"我沉浸在深情的歌声中，从窗口偷偷探进头看，原来唱歌的人是你。那是我第一次听见你唱歌，平时上音乐课时，你几乎是不唱的。真没想到，你竟然有那么好的歌喉。听到脚步声，你的歌声倏地停了，霞光笼罩下，你的眼神却是一片荒芜。

我走进教室时，你倚在课桌，无聊地翻着课本。"江小北，你唱歌真好听！"我由衷地说，但想央求你再唱一首时，你却是拒绝了我。被拒绝，我感觉太没面子了，于是愤愤地说："有什么了不起，不唱就不唱！"

也许是赌气吧，那以后好长时间，我都不再主动找你讲话。你原本话就少，渐渐地，我们就陷入了互相不说话的尴尬境地。于你，可能很习惯吧，但我却是难受了很长时间。我一直没什么朋友，因为胖，自卑如影随形，我努力在学习上出类拔萃，以为这样可以赢得关注的目光，可是我想要的友谊，却从来没有降临过。

心里充满了怒气，我像吃了火药，看谁都那么不顺眼。我对所有人付出了那么多热情，却从来没有得到过回报，于是破罐子破摔，心情不好时，逮谁就和谁吵。

四

"你怎么变了？变得让人陌生。"

江小北，这是你给我的最后一张纸条的内容。我看后，生气地把纸条撕了，我觉得，大家都看不起我，因为胖，我成了绝缘体，就连你也那样对我。

你主动搭话，我却不再感动，也没兴致理会。那时期末考又将来临，我所有的关注点都转移过去。只有考试才是我喜欢的，只有高分才能让我找回久违的自信和骄傲。

只是我没想到，江小北，那会是我们相处的最后时光。新学期开始后，我才知道，你转学了。听同学说，你转去了你妈妈所在的城市。因为你平时和大家都没什么交往，关于你的消息，我再也没有听到过。

我烦躁了一段时间，没有你在身边，我成了大家眼中的隐形人，当然，大家在我眼中也是隐形的，我陷在自己的忧伤中顾影自怜。我不再像过去那样委曲求全，不再主动对人示好，不再希望有什么好人缘。

我却是一遍遍地想你，在《忘忧草》低回的旋律中回想我们之间并不多的交集。如果那时，我们都退一步，是不是可以相处得更好一些？我们都是孤单的孩子，你主动封闭自己，而我被动孤独。我们都渴望友情，却都不知道如何相处。

我为了维护虚荣的面子，仅仅因为你不唱歌给我听，就否定了你，否定了我们之间的友谊，在懵懂的青葱岁月中，将一份真情变成了遗憾。

五

华晨宇在电视里唱歌了，他深情地唱着《我》，忧伤的歌声和表情让人动容。我的眼眶濡湿，看着他，脑海中浮现的却是你。江小北，你唱歌时，是不是也是这样的表情？

很久没有你的消息了，你还好吗？江小北。如果回到从前，我一定一定不会像过去那样，为了虚荣的面子与你赌气。

知道吗？江小北，现在的我，已经不是胖子了。这些年来，我安静了很多，学会了优雅与从容，再不会为了别人的一句话而患得患失，亦不会为了赢得好人缘而变得不像自己。

流年覆盖了梦想

罗先华

一

我和韩肖布是在校文学社认识的,那时他高我两个年级,是很受大家喜欢的学长。

刚进校时,我就听到很多同学在议论他,说他长得帅,说他唱歌好听,但更多人都在传说他的文章写得好,曾多次获奖,文章还上过刊物。

我也喜欢写作,对这个神一样存在的学长充满了好奇。他真那么厉害吗?我很想认识他,但一时又找不到途径。不过,在课间操时间里,通过别人的指点,我还是远远看见了自己敬仰的学长韩肖布。韩肖布确实很帅,有几分像我喜欢的明星吴尊,个头很高的他,腿长,喜欢穿牛仔裤。看见他的那一刻,我的心莫名地颤了一下。

当我知道他是校文学社社长时,便蠢蠢欲动,很想加入。可是听说入社条件很苛刻,不仅要热爱文学,喜欢写作,最重要的是还要有获奖经历,或者是老师推荐。我以前只是喜欢看书,写自己想写的文章,并不喜欢参加作文竞赛，不喜欢写那种条条框框、主题积极向上的空话作文，所以没有获奖经历，而且初来乍到，那些老师也不熟悉，就更别谈推荐我了。

想来想去，我决定亲自去找韩肖布，向他毛遂自荐。我带去了一篇自己很满意的校园小说，觉得这样才会有说服力。毕竟口说无凭，只有拿出作品才有用。我希望我的小说能够得到韩肖布的认可，我觉得，他一定能够读懂。

二

校文学社位于教学楼西边角落的三层红砖楼里，二楼有一个大房间就是文学社的活动室。我一个人过去，推开斑驳的木门，径直上了二楼。

远远地，我就听到一阵嘈杂声。可能里面的人在争辩吧，说话的男中音听起来很激动。屏息聆听，我才知晓他们在赏析女作家安宁的文章。我也喜欢安宁，一直追着她的文章看，喜欢她干净的文风和娓娓道来的叙述方式。

听了一会儿，我居然情不自禁地推门进去，急切地说出自己的感受。一群人突然鸦雀无声，齐刷刷地转过头盯着我。他们怎么也没想到，一个初入校的小丫头居然硬生生地直闯文学社。不过，我的精彩观点还是赢得了大家的掌声。特别是韩肖布，他满脸堆笑地跑过来，热情地招呼我，还拉了张椅子给我。

在热闹的氛围中，大家七嘴八舌地各抒己见。我真的很喜欢这样的一群人，因为喜欢文学，喜欢写作，大家聚在一起分享读书心得体会，而且这里还有韩肖布，看见他我就心生欢喜。我一直都希望能够有几个志同道合的好朋友，就像韩肖布。

我把我的小说《交换》交给了韩肖布，还说了自己此行的目的。

"这样不合规矩吧，哪能这样就进来呢？"一个长得很漂亮的女生立即提出意见。后来才知道，她叫游敏，是副社长，还听说她喜欢韩肖布很久了，只是韩肖布一直没有回应。

韩肖布在看我的小说，他没有说话。好一会儿后，他才抬头说："我觉得她行，她的这篇小说写得很棒，不管是文字还是故事都很好。你叫什么名字？哪个班的？"

韩肖布把我的小说给大家传阅，他欣喜地跑来跑去，还不忘询问我的名字。

"我叫庄于，新生。"我如实说。

"庄于？你是不是写《女生庄于》的那个作者？"韩肖布好奇地问。

"你看过我的这篇小说？"我有点儿激动，没想到，我才发表过几篇文章，韩肖布居然就记住了我的名字。

"真的是你呀？没想到比我还小……"韩肖布的激动挂在脸上，他即刻拍板，"如果庄于都进不了校文学社谁还能加入呀？我今天见到真人了。"在他大力推荐下，其他人都同意了，只是我敏锐地感觉到游敏愤愤地撇了撇嘴。

游敏和我一直水火不相容，其实是她容不了我，觉得我的出现，破坏了她和韩肖布平起平坐的位置，也一举抢走了她在文学社里"才女"的称号。

三

韩肖布常来找我，把他新写的文章给我看，让我提意见。我有点儿受宠若惊，心里慌慌的，又异常开心。看得出来，他喜欢和我聊天，可能是他真心喜欢我写的小说，我提的意见，他总是很愿意接受。

其实看了韩肖布的几篇文章后，我发现了他的写作中存在一个问题，那就是形式大于内容，主题正能量，却不能感人肺腑。当成作文是很棒的，但当成小说看，就感觉怪怪的。我说不清楚原因，想告诉他，又怕伤害他——提些小意见是可以的，但这种否定他写作能力的话，我说不出口。

韩肖布在毕业班，学习特别紧张，每天的作业和频繁的考试压得人喘不过气来，他还要花很多时间写作，我能感觉到他的力不从心。可能是常常熬夜吧，他的脸色显得有些苍白，而且眼中布满了血丝。看着憔悴的他，我有点儿心痛,而且我还听说他的成绩越来越不理想。

当韩肖布又一次拿着新写的小说在文学社里与我讨论时,没想到游敏急匆匆地跑了来,她一看见我就愤然地嚷:"庄于大作家,请你放过韩肖布吧,他现在是紧急关头,如果现在不抓紧学习,怎么参加毕业考呀?写作很重要,但学习、考试不是更紧要吗?"

被游敏劈头盖脸一顿吼,我愣住了,不知说什么好。其实我早就想劝韩肖布暂停写作,先把学习搞好,但他满腔的热情都放在写作上,根本无心学习了。

当韩肖布在杂志上看见我那篇他看过的小说《交换》发表出来时,他比我还高兴。那天课间,他拿着新买到的杂志来班上找我,远远就呼叫起来:"庄于,你的《交换》上杂志啦!"他喜形于色,连蹦带跳。看着他这个样子,我的心怦怦跳,只是在众人的注视下,我不得不矜持地说:"哦!发了呀,真幸运。"我努力克制住自己的喜悦,怕一冲动就会抓起韩肖布的手一起开心大叫。

"校草"韩肖布那样欣喜若狂地来找我,这个消息一阵风般吹遍了整个校园,走在哪,都有人在背后指指点点。有人说我和韩肖布好上了,有人说我这个学妹手段厉害,把学长迷得连学习也不顾。流言蜚语如芒在背。虽然我是喜欢韩肖布,但我只是偷偷喜欢,没打算告诉他,更没想要影响他的学习。

游敏的指责不无道理,虽然她是因为韩肖布常和我在一起不开心,但她的话还是提醒我,是该劝劝他分清轻重,毕竟毕业班了,学习更重要。

我还没说话,韩肖布不乐意了,他不满地对游敏说:"我的事和你无关,你管得可真宽,还冤枉人家庄于,是我主动找她的,你搞搞清楚。"

游敏涨红脸,尴尬难当。她愤怒地一跺脚,说:"你们两个好自为之,算我瞎操心。"

看着跑远的游敏,我一时晃不过神来,她转身离开的那个眼神犹如一把刀,一下就刺在我的心上,虫噬一般。

四

我的成绩不错，一些不太重要的作业我从来不做，觉得浪费时间，不如看看书、写写小说。老师说过我几次，见我依旧我行我素，后来就任由我了。成绩好是硬道理，这是我多年来总结出来的。

可是韩肖布不一样，他在毕业班，万一没考上好学校，他可就毁了。我喜欢他，我觉得我得为他着想，希望他会有一个好的结果。毕竟，如果真喜欢写作，可以用一辈子的时间去经营，不必在乎一朝一夕。

我把自己的想法告诉了韩肖布。他听后，疑惑地望着我，说："庄于，你也觉得，只有考试才有出路？我以后做一名自由撰稿人吧，不一样养活自己？"

"可是你先得把眼前的事做好，以后的路那么长，谁知道呢！"

"你觉得我成吗？做撰稿人？"韩肖布继续追问。

"可是考试迫在眉睫，写文章的时间以后多了，只要你想写。"我努力劝他。

"你是不是觉得我不行？我不如你？庄于，你给句实话。"韩肖布的固执，我第一次领教。面对他灼灼的目光，我心虚了，我不敢告诉他实话：以他目前的水平，真的当不了自由撰稿人。可是怎么说出口呢？这多伤他。

可是韩肖布紧盯着我，逼我说出实话。我嗫嚅着，望着他那张好看的脸，闭上眼，重重地点头。韩肖布的手紧抓在我手臂上，弄疼了我。我睁开眼，先挣脱开他的手，望着他苍白的脸色，说："我们才读过几年书？有什么功底可以当自由撰稿人？学习是最重要的，而写作可以慢慢来。"

韩肖布不再听我说话，他转过身走了。望着他孤单的身影，我很想追上去，但挪不开脚步。他是该好好冷静一下，考上好学校才是他目前最重要的事，他怎么就分不清呢？

韩肖布开始躲我，一直到他参加毕业考，我们都没见过面。我试图去找他，但游敏霸道地拦住了我的去路，气呼呼地对我说："你别再去打扰他。

还不是你，天天和他谈小说，原本只是个爱好，后来弄得连学习都没兴趣了……"

游敏的话句句带刺，她说是我把韩肖布弄得现在这样的，都是我的错。我没有争辩，或许吧，是我的错，我不该出现在韩肖布的眼前。可是这不是我的初衷，我只是希望有个志同道合的好朋友，大家一起努力，一起进步。

事情怎么就这样了？

五

听同学说，韩肖布的中考成绩很差，他最后上了一所技校。

匆忙的校园生活依旧，我在韩肖布毕业后接任了校文学社的社长。我一如既往地喜欢写作，写我喜欢写的校园成长小说，但我没有耽误功课，我的成绩单让父母很满意。

在那幢三层的红砖楼里，我组织社员们欣赏学习名家巨匠的文章，大家一起探讨写作的技巧和心得。我告诫大家，学习是最重要的，而写作在目前只能是兴趣和爱好，要大家分清轻重。我不想再有社员重蹈韩肖布的旧辙。

有梦想是件很美好的事，我们怎么可以让梦想变成负担呢？我一直都想不明白，韩肖布那时候是怎么了？我依旧喜欢他，常常莫名地就会陷入怀想。我想过去找他，想知道他后来的情况，想知道他是否还在为他的"自由撰稿人"的梦想努力，想知道他有没有记恨过我的实话实说。

我在高三那年，倒是在街上遇见过游敏。这个漂亮女生依旧对我横眉竖眼，她阴阳怪气地对我说："庄大作家，近期可有新作发表呀？""那是，一个月一两篇是有的。"我不甘示弱。"那好呀，以后成了大作家，可得记得当年同在文学社的情谊哟！"她嬉笑着说。"肯定记得。"我也微笑回应。

其实我很想向她打听一下韩肖布的情况，可是我开不了口，当年她就觉得我是她的对手。还好，我没问，她却先说了："你就不想问问韩肖布的近况?他当年可是被你害惨了,中考那么差,只能读技校。"

"我没害他,我也劝过他的,他不听。"我如实说。

"算了,害没害,你自己知道。我可听说,他现在连技校都不读了,估计在哪条道上混吧……好啦,不说了,姐还要去逛街。"游敏说完,扭着腰离开了。

我站在原地,在晌午的太阳下愣了半天,是我害了韩肖布吗?

几年后,在我上大学时,有一次和同学去郊游。打车时,那个年轻的的士司机引起了我的注意。虽然隔了多年,但我还是一眼认出他来,他是韩肖布。看见我,韩肖布也有些意外,但他只是淡淡地问一句:"你好!庄于。"

一时语塞,我不知如何回话,愣愣地看着他,心痛,一波一波,遍及周身。

"你还在写作吗?"我轻声问。

"写作?写什么呀?早没写了,现在哪有那闲工夫,当年纯粹是闹着玩的,不像你,大作家。"韩肖布看着前方,连眼睛的余光都没有瞟向我。

"也是。"我不知再说什么,靠在椅背上,闭上眼,两行泪不知什么时候涌出了眼眶。

大嘴巴不能说的秘密

王瑞辰

一

尤寰是一个"大嘴巴",心里藏不住秘密,班上的同学知道她这个毛病,都有意识地疏远她,不愿意和她交朋友。谁会没有自己的秘密呢?谁会愿意自己的秘密满天飞呢?尤寰大嘴巴的德行,让她在班里俨然变成了孤家寡人。

最近,尤寰感到很失落,她很想管住自己的大嘴巴,甚至还想用胶布把自己的嘴巴封起来,可是一次次的努力都失败了,同学们还是不愿意和她在一起玩。尤寰就是心直口快,在和别人有意无意地交谈间,就会把一些同学再三叮嘱的秘密泄露出去。

尤寰被大家排斥,心里面感觉到很难受,她真的希望交到真心朋友。在尤寰看来,很多事情并非像大家想得那样神秘,只是大家都把自己的心包裹起来,不想让别人看到自己脆弱的一面罢了。同学们越是想把自己的秘密隐瞒,却越是被大嘴巴尤寰弄得人尽皆知。

二

廉湘是一个帅气的男孩子，转学来不久，平时沉默寡言。尤寰已经观察廉湘好久了，他的内心是不是也藏有很多秘密呢？

下午放学，尤寰打扫完卫生准备回家，空荡荡的教室里只剩下廉湘还坐在自己的座位上。大嘴巴尤寰打趣道："廉大公子怎么还不回家呀，在这里独自相思呢？"说完，尤寰才觉得自己说错话了，大嘴巴又问别人的隐私。听到尤寰的话，廉湘把头埋得更低了，等尤寰走近才发现廉湘在一个人哭泣。

大嘴巴尤寰觉得自己太没同情心了，廉湘都哭了自己却还逗他。尤寰关切地问："廉湘，你怎么了，你是遇到了什么困难吗？"廉湘红着眼睛说："我想老家的奶奶了，小时候一直是奶奶带我的。我现在觉得自己好孤单，我不想让同学们知道我心里的秘密，怕他们说我没出息。尤寰，请你不要告诉大家我心里的秘密好吗？"

尤寰笑道："我还以为什么大事呢，我当然不会对同学们说的。"这一次，尤寰真的守住了廉湘的秘密，没过多久俩人就成了无话不说的好朋友。

三

一天，尤寰和廉湘在放学回家的路上，廉湘突然看到了路边的一个手机。

"哇！好新的手机，这回我再也不用发愁了，等我想奶奶的时候，就可以给她打个电话了。"廉湘兴奋地叫嚷起来，然后迅速地跑过去捡起手机，并把手机关机后装进书包里。

见尤寰愣愣地盯住自己，廉湘连忙说："尤寰，别担心，我不会私吞的。见者有份，我会给你好处，不过你一定要帮我保守住这个秘密。这件事情只能你知我知，不要告诉任何人好吗？"廉湘说着掏出钱包，准备请尤寰去吃雪糕。

尤寰依旧愣愣地站在原地，她对廉湘的言行感到很失望。尤寰心里想：这样的秘密我还应该替廉湘保守吗？见尤寰没吭声，廉湘犹豫片刻后，豪爽地说："要不我把这个新手机给你，你把你的旧手机给我，这样可以吧？我吃点儿亏没关系，谁让我们是好朋友呢？"

尤寰知道廉湘一直希望有个自己的手机，可是他的父母一直没有给他买，对于现在这个从天而降的手机，廉湘当然是如获至宝，但是这不是廉湘自己的东西，他不应该据为己有。

四

"廉湘，我们这样不行，捡到东西要交公的。"尤寰坚定地说。

"可是我想要一个手机，这是上天送给我的礼物。"廉湘低声说。

"失主会着急的，何况里面还有别人的电话号码和个人信息，这里面有别人的隐私。"尤寰希望能说服廉湘。

"谁丢的算谁倒霉，我又没偷没抢，是我在路上捡来的，我捡到了就应该是我的。"廉湘固执己见。

"这种做法不道德，我不赞同你的观点，我有责任阻止你这么做。"尤寰依然坚持说。

"你这个人真烦人，我都说了新手机归你，把你的旧手机给我，这样你还不满意吗？我只是想要一个手机，一个能给我奶奶打电话的手机。这是我在路上捡到的，我怎么不道德了？"廉湘委屈地红着眼圈说。

就这样，尤寰和廉湘争辩着，尤寰希望找到失主把手机还回去，但是廉湘坚持认为自己捡到的就应该是自己的。廉湘见自己说服不了尤寰，恼怒地说："大嘴巴！怪不得你在班上没朋友，除了我谁还把你当成好朋友呀？你连这点儿秘密都不能替我保守，我们还算什么好朋友？"廉湘的话让尤寰面红耳赤，她沉默地低下头，最后两人不欢而散。

五

廉湘回到家，藏在书包里的手机被妈妈看见了，妈妈询问他手机的来历，廉湘告诉了妈妈真相。妈妈听后，耐心地对廉湘说："孩子，是妈妈太大意了，平时在教导你的时候疏忽了。不光不能偷东西、抢东西，就是你捡到的东西也不应该要。你想想，你拿走了这个手机，失主该有多着急！"

廉湘委屈地说："可是，妈妈，我想奶奶，我特别想奶奶。"说着廉湘哭了。妈妈说："傻孩子，想奶奶可以拿妈妈的手机给奶奶打电话，可以回家去看看奶奶，为什么非要一部手机呢？你要是实在想要，妈妈可以给你买。你其实只是以想奶奶为借口留下这部手机。"廉湘听着妈妈的教导，认识到了自己的错误。

第二天到校后，廉湘红着脸走到尤寰面前，说："尤寰，是我错了，对不起！请你原谅我，我已经打算把手机还给失主了。你昨天说的是对的，我不应该让你保守这个秘密，不应该叫你大嘴巴。妈妈已经答应给我买一部新手机了，她说你的做法是对的，是一个好朋友应该做的事。"

尤寰听了廉湘的话，激动地说："我知道你会想明白的，因为你是我最信任的好朋友。我也想了一晚上，我知道好朋友之间的秘密，有些是需要保密的，但有些是不需要的，我们应该分清对与错，是不是？"

说着两人相视一笑，尤寰需要保守的秘密不再是秘密了。

苍耳先生

吴满群

一

苍耳先生姓安,名宇。他突如其来地"空降"到我们班,并且毫无征兆地就成了我的同桌。对于这个其貌不扬的"外来物种",我本能地拒绝和排斥。

我是"外貌协会"的,虽然知道这样不好,但爱美之心人皆有之,我喜欢帅哥这也不是什么错吧?何况本姑娘肤白貌美、成绩优秀,是众多男生眼中的"班花"。当然,对于"班花"这样的头衔,我从来都表现得不屑一顾,纵然心里再开心,我也得矜持。

班上的男生都很维护我,他们想尽办法逗我笑,放学后,不远不近地跟着我,目送我进小区大门。还有几个大胆的,给我递过纸条,或是把礼物藏在我的桌兜里,给我惊喜。我和大家保持着不远不近的距离,努力学习的同时,也享受着众星捧月的美妙感觉。

苍耳先生到来时,我根本没正眼打量过他,那时我忙着准备参加物理知识竞赛,正为最后的综合题焦头烂额。直到我的同桌把东西搬走,他径直向我走来,还冲我笑时,我才惊觉大事不妙。果不其然,老师竟调走我原来的同桌,安排他坐这里。

老师解释了一番,但我仅记得最后一句:"安宇,杜小澈是我们班最优秀的学生,她一定会好好帮助你的,你就坐那吧。"我愣怔了,凭什么呀?他一来我就得帮助他?又没得到我的同意!我心里老大不愿意。但我向来不顶撞老师,即使心里不痛快,还是不得不接受。

直到安宇坐下来后,我才转过头,瞥了他一眼——小眼睛,塌鼻梁,皮肤有点儿黑,整个人有点儿胖。我收回目光,无奈地叹了口气。

"你好!杜小澈,我是安宇。老师说你会帮助我,让我坐这儿……"安宇主动介绍自己。我却生硬地打断他:"我听到了,你坐吧。"实在不想和他多废话,心里仍是怨气翻滚。

二

郁闷归郁闷,生活还得继续。幸好,物理竞赛马上举行,我得到省城参赛三天。仅仅离开三天,待我回来时,初来乍到的安宇竟然和班上的同学都熟识了,虽说不上打成一片,但大家对他的友善,我一眼就看得出来。

"你回来啦!小澈,比赛顺利吗?"才坐下来,安宇就凑过来打招呼。只是听到他叫我"小澈"时,我的鸡皮疙瘩掉了一地,我们很熟吗?叫得这样自然。于是我说:"你还是叫我'杜小澈'吧,这样自然,有些称呼是不能随便叫的。"我想我的排斥已经相当明显了,换其他同学可能会窘迫得脸红脖子粗,他倒好,没事似的说:"叫'小澈'亲切,连姓氏一起叫太生分了。"看他一脸真诚,我竟无言以对。

安宇是属于"自来熟"的性格,对人热情友好,整天脸上挂着笑。虽然人不帅,但笑容感染力强。咧嘴笑时,会露出一排白灿灿的牙齿,整个人挺阳光的。我还发现,他除了对我热情主动外,对其他同学也挺黏。

"苍耳"是我无意中想到的一个词,我觉得用来形容安宇特别贴切,他就像苍耳一样黏人，无论别人喜欢或是不喜欢。

有天课间，我在赶作业，安宇却缠住我问东问西，我没好气地说："你怎么像'苍耳'一样黏人呢？没看到我正忙吗？"我已经生气了，所以说话比较重，没想到他完全忽视我的恼怒，反而兴奋地对我说："小潋，你怎么知道我的小名叫'苍耳'？你真是太棒了，连这个也猜得到，我好开心！"

我感觉有口血涌了上来，努力控制住自己，稳定情绪后，说："你说你叫'苍耳'？""是呀，我妈说我从小就喜欢黏人，一刻也离不开人的。"安宇一本正经地说。

我顿觉自己要疯了，老师怎么可以把这样的人安排成我的同桌，我哪儿做得不好呀，要这样整治我？对安宇，我真是无话可说了，黏人的苍耳，却是他最得意的小名。

三

我故意不再搭理安宇，对于他这样的人，我就不能有好脸色。要不，你给他一点儿阳光，他就要灿烂；给他点儿颜色，他定能开出一间大染坊来。我对他的排斥，安宇似乎不懂，或许是他明明懂了，却故意视而不见。

安宇凑过头来找我说话，很自然，就像我们是相识多年的好朋友，其实一点儿也不，我们才成为同学没多久，而且我很反感他。但他打着问作业的幌子，我就没法拒绝了——老师当众说过我会帮助他。可是安宇好笨，很简单的题，我给他讲过几次，他依旧做错了。

直到第一次各科单元小测验，我才惊觉，我被老师害了。他把什么人安排成我的同桌呀？安宇那不是一般的笨，是非常笨。每科都只有三四十分的成绩，让我如何帮他呢？可是看看安宇自己，我更是泄气。面对所有不及格的试卷，他居然一点儿都不难过。看见我基本上都满分的卷子，他却兴奋地说："小潋，你好棒哟！"搞得像他自己考的一样。

"你都不及格，不难过吗？"我好心问他。安宇笑着看我，摇摇头，说："为什么要难过？我努力了就行，我妈妈说的。"我赏了他一记白眼球，扭过头，再不想看他一眼。努力了就行吗？明明考那么差，还一点儿不难过。我教了他那么多，全白教了，真是浪费口舌。

一下课，我就去找老师，强烈要求调座位，我说再继续和安宇同桌，就要疯了。"如果连你都不愿意帮他，谁还能帮他呢？"老师说话时，眼神里的黯淡稍纵即逝。他沉默了半晌，似乎是下了很大的决心，说："小溦，安宇其实是个病人……"

原来安宇的脑袋里长了一个瘤，现在家里人正在联系医院，为他制订最佳的治疗方案。安宇的父亲是一名缉毒警察，在安宇很小的时候，他就牺牲了……小时候，安宇就生过一次重病，由于药物的副作用，他的脑袋会比一般人反应慢。

听着老师的话，我愣住了。安宇原来是生病了，我居然还嫌弃他，我很后悔自己对他的粗鲁态度。他只是想和大家交朋友，虽然他像苍耳一样黏人，但我似乎明白了他渴望朋友的那种心情。

四

我改变了对安宇的态度，有些疼惜，也为他难过。他和我一样大，却经历了这么多苦难。看着他笑容洋溢的脸，我却眼睛痒痒的，有流泪的冲动，但我答应过老师，这事只能我知道。

安宇和我同一个月份出生，但他比我小几天，我决定把他当成弟弟一样对待，只是我不告诉他。我和颜悦色地对安宇说："苍耳先生，以后问作业，我们定在下课或是自习课时，OK？上课千万不能打扰我，明白吗？第一名的位置竞争很激烈，我也得很努力才行。"

安宇点点头，说："小溦，你不生我的气啦？我下次争取考及格。我妈妈说了，你教了我那么多，我还是没及格，你会觉得挫败，所以生气了。"我瞪他一眼，逗乐说："明白就好，你是我杜小溦辅导的，当然得及格，要不显得我多没水平，是不？"

"对了，小溦，你刚才叫我'苍耳先生'吗？我喜欢这个称呼。"安宇像是想起什么事似的，突然插了一句。我点点头，含笑不语。即使他是"苍耳"，即使他很黏人，我也愿意被他黏着。

我跟随老师去拜访过安宇的妈妈，她说，苍耳是一种生命力很顽强的植物，好养活。她希望安宇能够像苍耳一样有顽强的生命力。当然啦，他也和苍耳一样爱黏人。安宇妈妈说话时，我的脸莫名地红了，我想起第一次叫安宇"苍耳"时，原来是骂他的话，没想到他却一脸欣喜，因为我无意中说出了他的小名。

我每天忙完自己的事情就陪着安宇，带他做一些简单的运动，或是我们和同学们一块儿玩。安宇喜欢热闹，喜欢和大家在一起。他的人缘很好，比我还受欢迎。看着他阳光般灿烂的笑容时，我会禁不住心酸，这样美好纯真的他，还要遭多少罪？

听我叫安宇"苍耳先生"，班上的同学也都改口这样叫他。我故作恼怒地说："苍耳先生，这明明是我一个人叫的，怎么成了公共称呼？""我们都爱'苍耳先生'，小潋，原谅我们吧！"女孩们异口同声。我害羞地笑了起来，禁不住又大笑，大家也都笑得前俯后仰。

"谢谢你们哟！我是'苍耳先生'，我喜欢这个名字，我喜欢大家！好开心哟！大家都知道我的小名了。"安宇说完，也跟着哈哈大笑。

欢快的笑声随风飘荡在校园上空。

我不知道自己还能够陪安宇走多久，但无论多久，我都会珍惜每一次和他相处的机会。我希望一切都会变好，希望在多年以后，在陌生的城市，在路上我们相遇，我还能笑着叫他一声："你好！苍耳先生，我是杜小潋。"